花とおじさん

高津 典昭
TAKATSU NORIAKI

幻冬舎 MC

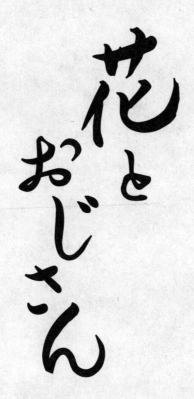

花とおじさん

目次

花とおじさん

第一話

華奈はその場に倒れ込んだ。

苦しくて心臓が止まってしまいそうだ。なんとか携帯電話で119番した後は覚えていない。

華奈は、子供の頃から心臓が弱く、体育はほとんど見学していた。不整脈が激しいのだが、医者から心因性だと診断されていたので手術で治るものではなかった。しかし、地元の地方都市で小さな印刷会社を経営する両親の愛に囲まれて、一人娘の華奈は次第に健康を取り戻していった。特に、バブル期に、この会社は不動産会社のチラシ・パンフ・DM等の印刷物の発注で絶頂期を迎えた。普段、忙しくて両親からあまりかまってもらえなかったが、たまにある休日や、誕生日・クリスマス等のイベントには、両親は華奈に至上の愛を注いだ。その上、病弱なためか透きとおるような肌で美しい少女の華奈は、学校でも人気者だった。この裕福な家庭と将来を約束されたかのような美貌という2つの要素が華奈の心因性の種である不安というものをかき消した。心臓病はすっかり消え失せたかのように思われていた。

華奈は現在、成長して21才の大人の女性になっている。あこがれの東京で就職し、一人暮らしをしている。そこまではよかったが、この突然の心臓発作の原因が少し前から始まっていた。すでにバブルは崩壊し、地元の印刷会社は危機に瀕した。絶頂期のクライアントは、ある者は倒産しあるものは広告出稿をひかえた。営業マンによる投げ込みや電話営業に切り替えていた。そして最後の望みであったメガネのチェーン店が倒産した。今まであまり営業を行なわず、広告代理店任せだったのだ。このメガネチェーンだけで年間3億数千万もの売上げを維持してきたのだ。事実上倒産が決まり、債権者会議での代理店は優先順位が低く、この代理店も連鎖倒産した。工場という財産をたてに、両親は金策に奔走した。しかし、銀行の貸し渋りにより、結局商工ローンに手を出した。そして、商工ローンの強引な取り立てが始まった。人件費が先だという信念で従業員の給料を払おうとしていた両親は、車で移動中、心労がたたり居眠り運転による非運な事故死となった。華奈の幸せは音をたててくずれ去った。

華奈は病院で目をさました。今まで影をひそめていた心因性の不整脈が再発したのだった。すでに、実家で葬式をすませていた。借金が一人娘である華奈に集中した。弁護士を立てて、工場・機械・土地等の財産を売ってもまだ見通しが立たない実状だった。とにかく、今の一人暮らしのアパートは撤収して荷作りも終え、体一つで実家へ帰る最中の出来事だった。

医者の診断の結果、

「これは心因性によるもので手術して完治するものではない。今度、発作が起こったら命の保証はできない」

と言われた。

愛する肉親を一度に失って一人ぼっちになった華奈。そしてこの予期せぬ入院のため金もなくなってきた。この一連の不幸から人間不信に陥ったので友達も彼氏も失っていた。実家に帰る気力も薄れ、とぼとぼと街を歩いた。一人だとますます落ち込んでしまう。どこかへ飲みに行こう。華奈は駅前を目指した。今まで素通りしていた通りの一角でにぎやかな笑い声が聞こえてきた。ここにしよう。なんだか楽しそう。元気になれるかも。そう思って〝焼き鳥中ちゃん〟という店ののれんをくぐった。焼き鳥屋にしては小ぎれいなこの店は、ママと良美ちゃんという若い娘がきりもりしていた。そして常連客でにぎやかだ。その楽しい雰囲気に久々に楽しく酔えた。

美人で若くて明るい華奈はたちまち常連客に囲まれ注目の的になった。特に、ノムちゃんという鳶のおじさんから、

「好きになってもいい？」

などとダミ声をはり上げられ、高っちゃんというおじさんからもじろじろなめるように見つめられた。今までなら、こういうおじさん達に囲まれるのは毛ぎらいしていた。特に汚い作業服の高っちゃんは嫌なはずだったが、なぜだか楽しかった。

常連達はこの店の忘年会の話で盛り上がっていた。高っちゃんというおじさんからしきりに忘年会に誘われた。華奈は実家に帰るため断わったが、酔っていくうち、このおじさんになぜか惹かれていった。そして気付いた。このおじさんは、私と同じにおいがする。楽しそうに話しているけど何か無理しているみたい。私にはわかる。楽しく話せば話すほど悲しく思えてくる。そう思った。

高っちゃんというおじさんは高津という名前である。43才の独身男で女性とは無縁の人生だったが、隣で松下由樹似のかわいい娘ちゃんと話している。内心かなりうれしかった。こんなかわいい娘と仲良くなれたらいいなと思いながら、さらに2人は盛り上がった。高津はさえない中年男だ。隣にいる華奈とは違い、子供の頃から何をやってもダメで、今だに仕事もうまくいかず転職をくり返している。負け組の典型だ。その上、仕事がうまくいかない現実から逃避するため競馬にのめりこみ、サラ金の支払いに追われている。そして、最近、勤め始めた土建屋でも、フィニッシャーとダンプの間にはさまれ、ろっ骨を骨折して入院した。復帰はしたもののろくに仕事もできず、毎日、現場でどやされている。唯一この店が自分を明るく発散できる場なのだ。友達もいないのでいつも一人で来て、ママをくどいて歌を2、3曲歌ってひとしきり酔っ払うと帰るのだ。近所のアパートに一人暮らしをしている。

華奈はこのこきたなくさえないおじさんに執着した。そして、電話番号を交換した。この悲しいおじさんを温めてあげよう、そう思った。

高津はこの夢のようなひとときから去りたくなかった。しかし、明日の仕事を考えると帰らないといけないので、

「中ちゃん、おあいそ」

と言って店を出た。

「ああ寒い。それにしても松下由樹かわいかったな。もったいなかったな。まあ、電話かかってくるはずないよな」

と独り言を言いながら帰った。6畳一間のアパートに入って、いつものように座いすにこしかけ一服した。早く寝なければと考えていると、めったにかかってこない電話が鳴った。高津はもしやとは思ったが、こんな時間にもサラ金の取り立てだろうか、ああ嫌だなあと受話器を取

ると、

「華奈でーす。今、花月園駅前のファミリーマートの所だけど、おじさんの家どこだかわからないから迎えに来て」

そう言われた。あの店で高津はずっとおじさんと呼ばれていた。願ってもない展開だ。高津は、明日の仕事のことも忘れ、小踊りしながら大急ぎで坂を下った。

華奈は店の時と同じく明るい口調で、

「つけて行ったんだけど見失っちゃった。今晩泊めてね」

高津はもう何が何だかわからない。もう夢見心地だった。部屋の中で華奈は話し始めた。

「私、悲しい人ってわかるの。『浮浪雲』っていう漫画知ってる？」

高津はよくは知らないが、青年誌でジョージ秋山が連載していて、昔、渡哲也が主演してドラマ化された事くらいは知っていた。話を合わせたかったので、

「ああ、知ってる」

と話を進めた。華奈は、

「あの漫画『浮浪雲』みたく私、雨宿りしかさせてあげられないけど、おじさんを温めてあげたい」

高津は実は内容を知らないので、雨宿りの意味がわからなかった。そのうち、華奈は、少しだけ自分の身の上話をした。高津は親身になって話し相手になった。

「そういえば、何て名前だっけ。ああ、花ちゃんだ。そして、俺がおじさん。〝花とおじさん〟だ。アハハ」

結局〝華奈〟じゃなく〝花〟ちゃんという事になった。カナとハナで似ているから、まあ、いいかと華奈は思った。楽しい夜はさらに更けていった。

朝になった。高津は誰かに呼び起こされたような気がして目がさめた。まだ寝ぼけていたがハッと気が付いた。あっ、花ちゃんだ。華奈が朝食を作っていた。

「何もないのねー。ファミリーマートで材料買ってきたの。どうぞ」

43年生きてきて、初めての経験に高津は幸せに浸った。そして、夢のような日々が始まった。仕事で怒鳴られ落ち込んで帰宅した。さすがに、もう花ちゃんはいないだろうな。しかし、自分の部屋にはあかりがついていた。

戸を開けるとそこにはエプロン姿の華奈がいた。またまた高津は感激した。夕食の支度がしてあった。楽しい食卓が始まった。高津は華奈のつらい身の上を案じ、相談役になるつもりでいい人を演じ続けた。そして、華奈は、おじさんが心から笑っていると、明るくふるまった。

やさしさと思いやりにあふれた一夜だった。

翌日、高津が仕事に出かけた後、華奈はちらかっている部屋を掃除した。

♫おじさんあなたは、やさしい人ね。私をお家に連れてって♪

自然に〝花と小父さん〟の歌を口ずさんでいた。

♫私はあなたの、お部屋の中で、一生懸命咲いて慰めてあげるわ♪

歌いながら、部屋はとてもきれいにかたづいた。

そして今夜も仕事を終えて高津が帰って来て、楽しい食卓が始まった。華奈は、

「ねえ、おじさん。明日、日曜日だからどこかへ連れてって。おじさんのバイクに乗っけてね」

と甘えてみせた。

「戦国時代の城跡、いっしょに行きたい。おじさんの歴史の話もっと聞きたいの」

高津は歴史が大好きだった。華奈は興味ないのだがおじさんが喜ぶ顔を見たいので話は盛り上がり、津久井城に登る事になった。華奈は、自分の心臓の事を考えるとかなり不安だった。しかし、おじさんを喜ばす事に命を懸ける決心だった。

日曜日、2人はツーリングで古城を巡った。得意になって説明する高津が、華奈には嬉し

かった。2人で、

♫おじさんあなたは、やさしい人ね♪

と歌いながら楽しいツーリングは続いた。高津にとって、人生最良の日だ。今だと後部席の華奈の手を自分の胸に回した。華奈はためらいもなく胸を寄せてきた。なのに、高津は我に返った。さっと腕を離した。何か、いたずら小僧のような気になってしまったのだ。しかし、心の中では、華奈ちゃん好きだよーと叫び続けていた。

第二話

さあ、今日はクリスマスイブ。昨日買ってきたモミの木に飾り付けを始めた頃、高津は仕事に出かけた。

♫私はあなたの、お部屋の中で、一生懸命咲いて慰めてあげるわ。どうせ短い私の命、おじさん見てて終わるまで♪

そこまで歌ったところで我に返った。

あのおじさんを巻き込んではいけない。身の上話はしたけど、私の心臓の事はほとんど話してない。もし、ここで発作が起きるとおじさんにとても迷惑かけてしまう。それに冷えきったおじさんを温めてあげようと思ったけど、昨日、手を握られた。あの人、おじさんのくせにものすごく純粋でまじめな人だから、私に手を出せずにいるんだ。実は、逆におじさんを苦しめる結果になるのかもしれない。ごめんなさい。私そんなつもりはないの。おじさんに対してとり返しがつかない事をしてるのかもしれない。もう実家に帰らなきゃ。あっ、この状況に似た民話〝鶴の恩返し〟の中で〝つう〟はセックスしたのだろうか？　あの人は鶴で私は人間だから違うかもしれないけど、とりあえず図書館へ行って調べてこよう。そして、華奈が着替えて出かけようとした瞬間、携帯が鳴った。声の主は、実家の工場で働いていた写植の職人の留さんだった。話の内容は、未払いの給料を払えという事だ。留さんは華奈が赤ん坊の頃からとても可愛がってくれた働き者だった。印刷会社が規模を縮少し続けても最後まで残ってくれた人だったが、口調はその頃と違ってとても荒かった。弁護士に任せていたけれど、自分がやらなければならない事はこれから帰って山ほどある。それを考えただけで頭が混乱してきた。

その頃、高津は仕事中だった。今日も朝から怒鳴られっぱなしだが、花ちゃんの事を考えると気持ちがはずんだ。今日こそ告白しよう。昨日、花ちゃんは手を握り返してきたぞ。やっぱり俺の事が好きなんだ。そうに違いない。勘違いなんかじゃない。何て言おうかな。恥ずかしいな。それにしても、きのう花ちゃんが外出したすきにバッグをあさって見つけたパンツかぶっちゃったもんなー。あんなかわいいパンツはいているんだな。そんなとこ見られたら、花ちゃんに、軽蔑されて嫌われちゃうんだろうなー。愛の告白なんて初めてだから照れるなー。これから帰るまでにゆっくり考えようと一人で盛り上がっていた。

華奈は、留さんからの電話を切った後、今後の自分に不安がよぎった。その時だった。華奈の体に異常が起きたのは。

突然、発作が起こった。もう誰にも止められないほどの激しい発作だ。一瞬の出来事だった。心停止。体が全く動かない。苦しい。おじさん助けて。華奈は遠ざかる意識の中でおじさんに迷惑をかけないように何とか携帯で救急車を呼ぼうとしたが、手足が完全にマヒしていた。もはや自分では何もできない。

「おじさん。ごめんね。私の分まで幸せになって」

そうつぶやいた後、絶命した。享年21才、実に短い一生だった。飾り付けられたクリスマスツリーが悲しさを増加させていた。そんな事を露とも知らない高津はクリスマスケーキとサンタクロースのコスチュームをドンキホーテで買った。サンタクロースの服で花ちゃんをびっくりさせよう。なかなかいい演出だ。そして、今日こそ告白しようと花屋で真っ赤なバラを買った。まっかなかぁー。いいねいいね。次から次へと出てくる。花ちゃん喜ぶだろうな。僕は君が好きだ。私もおじさんの事が好き。そして2人は抱き合ってキス。

♪小さい花に口づけをしたらー♪

歌の中にもあるじゃないか。今日はクリスマスイブだし、ウーン、完璧なシナリオだ。これでいこう！　高津は帰路、一人で演じた。得意の絶頂であった。

うん、あかりがついている。花ちゃん驚くだろうなー。サンタクロースの格好に変身した高津はノックした。返事がない。

あれーと思いながらドアを開けた。目の前に、うつ伏せに倒れている華奈がいた。高津は動かない華奈に向かって、明るい華奈のいつもの冗談だと思い、

「何だよ、死んだふりしてんじゃねえよ」

と冗談で返した。冗談ではなかった。高津は、あまりの白熱の演技に、

「アカデミー賞！」

と称えたが返答がない。さすがにこれはおかしいと思って抱えた。華奈は完全に脱力している。

「やばい。おい。大丈夫か。そういえば心臓が弱いって言ってたな」

と言いながら、ほほを2～3回たたいた。

「あー、息がない。脈もない」

華奈にとっさに人工呼吸をしてみた。俺は、こんな形のキスをする予定じゃなかったんだ。

「花ちゃん、生き返ってくれー」

悲鳴にも似た人工呼吸をくり返す高津であったが、華奈は息をふき返さない。

「電話だ！　１１９番だ！」

高津は救急車を呼んだ。救急車が到着するまでの間、さらに高津は懸命の人工呼吸をくり返した。

「誰か花ちゃんを助けてくれー」

高津は絶叫した。その大声に驚いたアパートの住民がかけつけ、大さわぎになった。高津はとり乱し、バラの花束を壁に何度も打ちつけ、アパートの廊下は修羅場と化した。サンタクロースの格好でとり乱す高津、散乱するバラと死体。何か事件性をにおわせていた。猟奇的な光景であった。

やがて救急車が到着した。救命隊の救命活動も、病院の処置もむなしく、結局、華奈は帰らぬ人となった。

高津は華奈の携帯電話を手がかりに、友人から親類へと連絡した。自分のような者と一瞬でも暮らしていた事は華奈の名誉に傷がつくと判断したので、単なる、第一発見者、第一通報者という事で、事後の処置は警察に任せた。

警察は高津に対し、一時は殺人容疑をかけ、警察署に拘留したが、救急隊の証言と病院の担当医師の判断でなんとか警察署を出てアパートに帰った。

また一人になってしまった。吉田拓郎の『祭りのあと』とは、こういう心理なんだ。あまりに楽しすぎる事があると、それが去った後のむなしさ、寂しさは半端じゃない。

華奈の私物は、警察に預けたので、バラで散らかった部屋と、食べずにかたすみに置いてあるクリスマスケーキがよけいに寂しかった。それ以外、あの楽しい夢のような数日間を物語るものは何もない。明日からまたつらい仕事だ。高津はずっと華奈を追憶し続けた。

♫あの娘が、消えちまったよー。あの娘が、消えちまったよー。幸せになれよと言われたのは僕の方だったよー♪

こう歌うと涙が止めどなく流れてきた。

「花の命は短くて苦しき事のみ多かりき……くそー」

と枕をぶん投げた。

「かわいそうすぎる。なんで、あんな明るくてかわいい娘が……。俺が死にゃよかったんだよー」

ふとんをかぶって泣き叫んだ。

♫さよなら大好きな人ー。さよなら大好きな人ー。まだ大好きな人♪

次から次へと歌が出てきた。

♫あなたがいた頃は、笑いさざめきー。誰もが幸せに見えてきたけどー。人は人と別れて、

後で何を想う……♪

　歌う度に無限に涙が出た。酒をあびる程飲んだ。

　翌日、高津は、夜勤で国道維持工事の現場にいた。昨夜、飲みすぎて体も頭も働きがにぶい。しかも、その日の日勤でマンホールの鉄蓋を交換する為に、ダンプへ積み上げる作業中、ぎっくり腰をやった。夜勤に穴をあけられないので、腰の事は隠し通した。そして石削オーバーレイの舗装工事が始まった。当現場での舗装作業の高津の持ち場は、アスファルト合材を敷き均した際、粗い部分にふるいをかける事だった。締め固めをするための大きな鉄輪のマカダムローラーが初期転圧を行なう前にふるわなければ、冷えてしまって合材がなじまない。しかし、当日の合材は、粗いところに目つぶしするための細かいゼロがやけに少なく感じ、粗いのがやけに目についた。さらに現場を照らす投光器の当たった部分は、昼間よりも顕著だった。高津は、何とか仕事で戦力になりたかった。少しは認められたかった。仕事のできない者がやる仕事だが、一生懸命、汗をかき、息をきらせて頑張った。しかし、いくら走っても走っても、マカダムはどんどん前進してくる。ふるいが間に合わない。フィニッシャーもどんどん進んでいく。高津はいい仕事をしたい一心で、マカダムの後ろに回って間に合わなかった部分にふるいをかけに行った。マンホール回りが残っていたので、しゃがんで、鉄蓋と合材のジョイント部にていねいに手でゼロを入れていった。マカダムが後進して来ているのは知っている。マカダムが踏む前にここだけどうしても終わらせたい。ジョイント部完了。そう、ホッとして立ち上がった瞬間、腰に激痛が走った。

「痛ー。動けない。くそー」

マカダムはどんどん進んできて、高津は死角に入った。本日のKY（危険予知活動）ミーティングでは〝ローラーの死角に入らない。ヨシ‼〟がスローガンだった。このKYを無視して作業した高津は、今まさにマカダムローラーに轢き殺されようとしていた。まずい、これ以上、会社に迷惑はかけられない。

その時だった。マカダムの後方で、仕上げの転圧を行なう、タイヤローラーの作業員が異変に気付き、クラクションを何度も鳴らした。マカダムの作業員は急停止した。まさに危機一髪だった。右足が少しだけ巻き込まれていたが、けがはなかった。

「ばか野郎ー。何やってんだ！」

その後、高津は怒鳴られ続けた。

結局、高津はその直後夜勤からはずされ、しかも、作業員1名を無駄にしてまでも、即アパートにダンプで送り帰された。当然の処置である。高津には事故の前歴がある。さらに業務上過失致死又は致傷になるかもしれない大事故につながる事だった。高津は少しでも戦力になりたかった。どうしても、あそこにふるいたかった。2300㎡の国道の表層工において、一箇所のマンホール回りなどとるに足らない事なのだが、ふるいぐらいしかできない高津にとってとても大事な事だった。しかし、結局大きく足を引っ張った。夜勤は、警察の道路使用許可で、規制の開放時間が決められている。時間を過ぎると、特に国道は現在、国土交通省管轄であり、監督は始末書どころか、現場中止の処分の恐れがある。高津1人の失敗で会社が赤字になるところだった。

その日の朝、会社の事務所に行き、社長に退職願を出した。社長はすでに、現場監督から報告を受けていた。前回の事故では、高津に対して、労災その他の世話を焼いたが、さすがに今度は切れかかっていたところだった。高津の退職願に対して承諾し、最後に社長は言った。

「この年の瀬、寒空の下、やめてどこへ行くんだね。世の中、不景気でどこも雇ってくれないぞ」

とやさしい言葉をかけてくれた。

第三話

帰路、無職となった高津は
「同情するなら金をくれ」

とつぶやいた。借金に追われている身分なので就職先を探さなければならない。年末なので年明けに就職するとして正月は何かのアルバイトで食いつなぐために食事付きのアルバイトを探そうと思ってタウンワークを手にした。すると、見開きにいきなり今、大人気のテーマパーク東京おとぎの国の求人広告が大々的に出ていた。年齢制限で職種は皿洗いだけに限られていた。

さっそく電話するとＯＫだった。

「29、30が研修で31が夜7時から翌1日9時までのオールナイトでそのあと2、3日のバイトか。正月のため時給が割増の上、深夜手当てつきだ。これはいいな。それにしても、4日しか働かないのに2日も研修があるとは、さすがだな」

これで正月は食い繋ぐ事ができるが、その後の事を考えるとどうしても思いつめてしまう。たとえ、仕事が見つかったとしても人間関係は大変だ。また、いつものように仕事も満足にできず、人間関係もうまくいかず、最後はいたたまれずに辞めるんだろうな。負け癖は直らない。もうこの年でこの腰だ。同じ事のくり返しだ。あと何回卒業すれば本当の自分にたどり着けるんだろう。いや、もう無理だ。どうするんだバカ津。自分の事を自分でバカ津と呼んだ。

「バカ津、これからどう生きる」

自問自答しても答えはない。寒さも手伝って腰が痛くてたまらなくなった。食い繋ぐためには、ストーブに入れる灯油を買っている場合ではない。ふとんに丸まった。あのつらい仕事を辞めた事で気楽になるはずだったが、この先の事を考えると、圧倒的な絶望感と自己嫌悪に襲われてきた。さらに、トイレに行こうと起き上がろうとすると、腰に激痛が走ったがやっとのことで立ち上がった。あの幸せな数日間に比べギャップがあまりにも大きすぎる。

♫さよなら大好きな人♪

高津は今夜も泣いた。この不安な夜を乗り越える為、結局、酒の力を借りなければならなかった。

高津は酔っ払った。絶望の淵の中で、酒の力なのか、花ちゃんの声が聞こえたような気がした。

「おじさん、頑張って。私の分まで幸せになってね。被害者意識を持っちゃだめよ」

そんな声に高津は何だか一人じゃないような気がして安心して眠った。

2日間の研修を終え、12月31日の皿洗いの仕事が始まった。このテーマパークのコンセプトは徹底している。その一つに〝ゲスト（客）に日常を見せない〟事だ。ゲストは日常を忘れ、夢の国に来たという訳で、ゲストの目から厨房内や皿洗い等の日常を見られなくしている。従業員は、外壁の外から仕事場に入る。だから、高津の持ち場である天の川レストランの皿洗場から中の事は全くわからない。どこで働いているかもわからないようだ。高津は、流れ作業で洗い物をしている。仕事に集中している間は圧倒的絶望感をしばし忘れられる。怒鳴られもしないので気が楽だった。

しかし、この機械のような作業の中では、会話もなく、そのうち絶望感がじわじわ攻め寄せてきた。

たまたま、高津は、作業のローテーションで12月31日23時30分から1月1日0時30分まで休憩に当たっていた。隣接した従業員食堂で夜食をとる事になっている。高津は痛い腰に手を当ててゆっくりテーブルに腰をかけて夜食を食べ始めた。絶望感が加速してきた。何かに集中し考えないようにと思っても、そのやり場がなくなるからだ。この仕事は、怒鳴られなくて気楽だ。短期のバイトだから人間関係のわずらわしさもない。でもこの先、どっちみちどこかに就職しなければならない。今までどこにいってもうまくいかなかったんだ。この先も結末は見えている。働きたくない、腰も良くならない。どこまでも哀愁の淵に落ちていく。もはや、夢も希望もない。

そのときだった。花火が鳴ったのは。いかに外壁の外とはいえ、空はつながっている。高津は従業員食堂の扉を開け、外に出てみた。

「今まで中にいて気づかなかったけど、何てにぎやかなんだろう」

東京おとぎの国内の事はわからないが、空にはニューイヤーを祝う花火が夜空を色どり、花火の音と音楽と歓声で別世界のようなにぎやかさだった。花開くきらびやかな花火にしばし見とれながら、

「世間の人は楽しそうだな」

とポツリとつぶやいた。

さらに、拍車をかけるかのように、高津は信じられない光景を目のあたりにする事になった。外壁の扉が開いた。マーチの音響が一勢に大きくなった。パレードに参加していたキャストが

続々と引き上げて来た。その中でひときわ目を引いたのがかぐや姫と家来の若侍達だ。この馬車に乗ったかぐや姫は、東京おとぎの国の世紀越えイベントの最大のヒロインだ。まさに光り輝いている。彼女自身も、パレードの興奮さめやらぬ様子で、外に出て自分の任務が終わったにもかかわらず、従業員達にまで、

「ハッピーニューイヤー」

と手を振り続け、最大の笑顔をふりまいている。

高津は歓喜した。そして猛烈に感動した。ぶるぶると体の震えが止まらない。それくらいすごい感動だ。

「あのかぐや姫が俺みたいなダメなおじさんに向かって手を振ってくれている。しかも、ハッピーニューイヤー、おめでとう21世紀って言って祝ってくれている。あんな若い娘が一生懸命に祝ってくれている。俺にもニューイヤーが来たんだ。ハッピーニューイヤーが来たんだ。俺にだっておめでとう21世紀が来たんだ。ヤッホー！　ありがとう……。ありがとう……。俺みたいな奴のために。いや、俺の為じゃなくて、大盛況のパレードに影響されてテンションがメーターを振り切って悪乗りしているのかもしれない。でも、そんな事どうでもいい。ありがとう。ありがとう」

何度も高津は「ありがとう」を繰り返した。自然に涙があふれてきた。今までの悲しい涙ではなく感動の涙だ。

「花ちゃんだ！　花ちゃんの生まれかわりだ！」

「花ちゃんの言っていた、被害者意識を持っちゃいけないってこういう事だったのか……。

ハッピーニューイヤー！　おめでとう21世紀！」

少し照れながら、まだ手を振り続けているかぐや姫にこう返した。素直すぎる程、感動の瞬間だった。


その朝、仕事を終え、帰路につく途中、すぐに帰ったのではもったいないので海を見に行く事にした。東の空を見ると、もう9時過ぎなので、初春の太陽は、すでに高く上がっていた。

「快晴だ。初日の出じゃないけど、新世紀、初めて見る太陽だ。なんてすがすがしいんだろう。花ちゃんに、そしてかぐや姫に俺は励まされたんだ。人の心は温かいものなんだ。もう、嫌な想い出ばかりの20世紀は終わったんだ。新世紀なんだ。希望を持って生きていくんだ。それでいいんだ」

21世紀の始まりを告げる太陽と東京湾の海はすがすがしかった。高津は、防波堤沿いに歩いた。元旦でにぎわう東京おとぎの国と違い人影はなかったが、テトラポットで釣りをやっている人が何人かいた。そのうちの一人に、珍しく自分から声をかけてみた。

「何を釣っているんですか？」

その釣り人は、

「カレイだ」

と答えた。それだけの会話だった。高津は今までの自分とは違っていた。その光景を見て、

「人は目的を持って生きているんだ。花ちゃん、俺は強く生きていきます！」

と誓った。そして、空に向かって、大声で歌った。

♫見渡す限りに広がったあの空を見よー隣りの国まで広がったあの海を見よー。ひとまずすべてを忘れてしまったー。正しい心で明日に向かった。僕らは海と青空に誓ったー♪

静かな、穏やかな、そしてどこまでもすがすがしい新世紀の幕開けであった。

よいとまけな母ちゃんへ

「どうしてこんなことになっちゃったの」悦子は頭を抱え込んだ。その日の出勤前の事だった。悦子は愛息、里志の部屋を清掃するために入ったところ机の上に置手紙があるのを発見したのだ。その置手紙には「母ちゃん、僕は家を出ます。戻りません。捜さないでください」と書かれてあった。

里志は高校一年生である。野球の強豪、私立の横浜綾戸高校の野球部員だ。リトルリーグから野球を始めた。悦子は里志の才能を早いうちから見出していた。中学時代は、関東大会で活躍した名二塁手で、悦子の自慢の息子だった。

悦子は、里志の上に二人の娘を持つ、二女一男の母親である。一見、理想の母親のようだが、実は多難の人生を歩んできた。夫とは早くに離婚した。まだ里志がよちよち歩きの頃だ。ゆえに里志は父親の顔を知らないで育った。「甘やかし過ぎているかも」と思いながら悦子は父親のいない寂しい子にさせたくない思いから、息子の願いはできるだけ叶えてやった。野球に関してもそうだった。女手一つで見事にこの三人の子供達を育て上げた。しかし、さすがに無理がたたり近年、大病を患った。それでもくじけなかったのは、この子達の存在があったからだ。

自慢の息子、里志が高校受験を間近にひかえた頃、担任の教師、野球部の監督、悦子そして里志とで進路についての面談があった。進路は、野球部メインに話し合われた。野球の道を進むなら、やはり甲子園出場の可能性のある高校でなければならない。神奈川県は野球部のある高校の数では全国有数の激戦区で、かつてエース松坂擁する横浜高校が甲子園春夏連覇を果たした県のレベルは非常に高い。まさに東大に合格するより難しい状況である。慎重に検討しなければならない。各校の部の実情、通学の利便性、己の学力等考慮に入れた上でついに結論が出た。近年、急速に力をつけ甲子園出場も果たした横浜綾戸高校に決定した。創立、創部とも有力校の中で最も新しいが、好待遇で智将の誉れ高い監督を獲得し金をかけてグランドをはじめ野球ができる環境を整えている。但し、私立のため入学金、授業料等は高く、更に野球部員保護者の寄付金は大きな負担だ。

かくて、中本一家の『目指せ！甲子園』のスローガンのもと、晴れ晴れしく里志は夢のステージに駆け上がるべく横浜綾戸高校に入学した。

悦子は、それからが大変な毎日になった。保護者に対しての金銭的な負担は思った以上に大きい。「そんなことも？」と思った。それでも愛息に思う存分野球をさせてあげたい一心で頑張った。寮不在のため、横浜市旭区希望ヶ丘まで息子を毎日朝練のため車で送った。大病を患った後、体力の弱ってきた悦子にとってこれはかなりきつい。

悦子は4年前に、鶴見駅西口に『焼鳥中ちゃん』という焼鳥屋を開業した。焼鳥屋なので夜の仕事である。深夜帰宅し、眠りについたかつかないうちに起床し、息子を野球部の朝練に間に合うように送る日々が続く。その苦労も、交通事情の悪い地理的条件を自らの行動で克服し、息子に少しでも良い環境で野球をやらせてあげたいという親心。まさに母は強し。母の思い岩をも砕くという信念ではねのけた。だから悦子はカラオケで♬おっかさん♬というセリフ入りの曲をよく歌っている。

野球部員は総勢100人を超える。この中でレギュラーになるのは至難である。そんな日々の中、夏の全国大会県予選、秋の県大会と過ぎて世代交代の時がきた。里志は無心で頑張った。甲子園も甲子園だがまずはレギュラーにならなければならない。自分を信じて監督の眼鏡にかなうよう純粋な気持ちで練習に取り組んだ。

そして3学期に入ったある日、この置手紙に繋がる事件が起こった。事件の発端は、いじめの発覚であった。ある日、悦子は担任からの電話で学校に呼び出された。電話での端的な内容からある程度推測できた。どこの親でも思う「まさか我が子が?」という気持ちだったが、学校の裁定は一週間の自宅謹慎と決まった。「私があまりにも息子に期待しすぎたからでは?」という気持ちからか、あまりひどくは叱らなかった。その謹慎処分中のある日の午後、息子は置手紙を残して消えた。

悦子は心配し、心当たりに電話をかけまくったが手がかりがつかめなかった。愛する我が子よ今どこに？　しかし気丈な悦子は「何日かしたら帰って来るでしょう」との思いもあり、自らに気合を入れていつものように出勤した。悦子は、仕事中も心配でたまらないので客の前で息子について語った。

客とは意外とありがたいものである。当然他人事である。しかし、この悦子の持つ人徳であろうか、他人事ながらある程度、親身なセリフが聞こえてくる。いくら根が明るく気丈な悦子とはいえ、もし他の仕事をしていたら、仕事が手につかなくなっていたかもしれない。第三者に話す事である程度は気が紛れる。たまに毒舌めいたセリフもあったが、それはそれで一瞬でも深刻さを忘れさせてくれた。


そして数日後、謹慎が解ける前日のことである。友達の家を転々としていた里志は色々と考えていた。いじめに関与したのは事実で、それについては既に自分の中では反省は終わっていた。いじめの引き金に野球部の事があった。自分の体格への絶望感もあった。この1年間で身長はほとんど伸びていない。１６５㎝でウエイトトレーニングを重ねても体重は増えない。

よって筋力が弱い。3年が引退して今最も部員の少ない時期である。にもかかわらず練習試合においても、レギュラーはおろかベンチ入りも果たせそうにない。4月にはまた、各地から野球センスの高い新入部員が多数入部してくる。焦りがあった。パワー全盛の近代野球では、体格のない者が生き残ることは難しい。確かに神奈川県を見渡すと身長163㎝でも1番打者として大活躍している選手もいる。しかし、パワーが違う。本塁打の打てる小さな大打者だ。「俺はそこまで能力がなかったんだ」と自分を振り返った。かつての高校野球では、例えば広島商業のように小柄でも盗塁、バント等機動力野球で怪物江川投手を攻略し、夏の甲子園で優勝した例もある。因みにその時の捕手は広島カープの元監督の達川氏である。しかし、その後、遠くに飛ぶ金属バットに替わり、長打力のない者は苦しくなった。

里志の焦りは、このように自身の体格に向けられた。多かれ少なかれ、人は難題が起こると何かのせいにしてその場を凌ぐ。それが人の常であろう。その時に犠牲になるのが弱い者である事が多い。人間とは言え動物である。生存競争の中で生き抜く知恵の一つに『いじめ』という必要悪がどうしてもあるのだ。大人になるという事は、その知恵を学習していく事も含まれる。団体生活の社会で生きていく中でなくしたいが、周りと円滑にやっていく為になくせない問題。やはり必要悪として存在し続ける。

里志は自らの焦りを、仲間との弱者に対するいじめという形で鎮めたのだった。確かに良い事とは思っていないが、それで自分のむなしさを埋めたのだ。「母ちゃん、高い学費や寄付金を払ってくれてその上、通学の面倒までみてくれたのにごめん」

母ちゃんは、頑張ってねと言うだけで具体的には何も強要はしなかったけど、俺だって男なんだ。今まで苦労ばかりかけてきた母ちゃんに将来楽をさせてあげたいと思ってきた。母ちゃんを甲子園に連れて行ってプロ野球で稼いで良い暮らしをさせてあげたかったのに。母ちゃんが俺にしてくれている事、大変なのに何も言わないでいつもニコニコしてて。そんな母ちゃんだけにつらい。

里志は高一。自我の確立される時期である。男とはこの頃、自分が男である事を自覚するものだ。男である責任感が芽生え、将来の夢が膨らむ人生の輝ける青春時代であるが、同時に、夢が叶わない時、思うようにならない時、自身のふがいなさに悩み苦しむ多感な時期でもある。里志は大志を抱いたが故に、その大志が潰えた時、逃げ道を探した。そして、不良行為という逃げ道を見つけた。

まさに蜜の味がする。「猛練習に明け暮れてもレギュラーになれそうもない。それよりこの連中と遊んでいた方が楽しい」自分に芽生えた男の責任というプレッシャーを脱ぎ捨て、自由気ままに行動する悪友との付き合いで確かに気は楽になった。それと同時に、今まで純粋な気持ちで取り組んできた野球中心の人生も変わってきた。そして仲間達個々の思惑をからめて、自己を満足させるため弱者に対するいじめへと走った。

もう、午後の3時になっていた。明日は学校に復帰する日。退学というか、働こうかとも思ったが、心は明日登校することに決めていた。そうなると「家に戻るしかない。いつまでも友達宅を転々としていてもいつかはばれる。でも、あんな置手紙をした以上そうやすやすと帰れない。母ちゃんに楽させたかったなんて照れくさくて言えない。どうしようか？」一人になって考えたかったので、多摩川の河川敷を歩いた。そして、腰を下ろして仰向けに寝そべってラジオを聴いた。「テリー伊藤がこんな時間にラジオのパーソナリティやっているのか」あるニッポン放送の番組で、ちょうど美輪明宏の『ヨイトマケの唄』がリクエストの曲になっていた。「美輪明宏ってあのけばい人？　それにしてもよいとまけってなんだろう？」そう思ったが、この曲を、聴くにつけ心にずっしり入ってくる歌詞である。思わず耳を澄まし聴き入った。その曲の内容は、母の手一つで育てられた息子が社会人になって母親に今までかけてきた苦労を追憶している。そして母への感謝の意を込めてエンディングだ。

里志が普段は聴かないはずの懐メロだったが、頭から離れない。「この曲の中での母親は土方だったんだ。俺の母ちゃんは土方じゃないけどこの曲とオーバーラップする。母ちゃん一人で子供3人育てて苦労したろうな。俺も何度か母ちゃんの職場に行ったことがある。焼鳥を焼く煙の中で油にもまみれて、夏なんて汗だくだったなあ。それにしつこい中年の酔っ払い相手に大変だろうなあ。そう言えば母ちゃんに向かって、かわいいなんて言ってたっけ。俺は母ちゃんだから今まで考えたことなかったけど、母ちゃんとはいえ一人の女なんだ。化粧しておしゃれな洋服を着ればもっといい女になるだろうに。俺達を育てるのにそれどころじゃなかったんだろうなあ」歌詞を思い出して歌ってみると思わず涙があふれてきた。

「母ちゃんごめんなさい。俺は将来、母ちゃんにいい暮らしをさせてあげられないかもしれない。男として不甲斐ないと思う。でも、『ヨイトマケの唄』で気がついた。最低限、母ちゃんに心配かけないようにするよ。あまり背伸びしても仕方がない。もう少しあなたの子供でいさせてください」

そして、里志は河川敷を自宅目指して歩き始めた。空はきれいな夕焼けだ。里志は再び『ヨイトマケの唄』を口ずさんだ。すると小さい頃、母ちゃんに手をひかれながらこの河川敷を歩いていた事を思い出した。「母ちゃんは俺の手を握ってよくここで『夕焼け小焼け』を歌ってくれた。それと松山千春の『銀の雨』と。『銀の雨』を歌った母ちゃんの気持ちも少しわかってきたよ。母ちゃんごめんね。もうすぐ帰るよ」

♬今も聴こえる、ヨイトマケの唄。母ちゃんのためならエーンヤコーラ♬

里志の新たな出発を祝うようなきれいな夕焼けだ。嗚呼、素晴らしきかな「歌」。歌とは出会い。あの時、里志がラジオを聴かなければ『ヨイトマケの唄』に出会えなかった。

そう考えると『ヨイトマケの唄』は、里志の人生を左右するだけのパワーとタイミングを持っていたのだ。

もちろん、自分の信念に突っ走れるのがベストだが、挫折は時に、人に考える一幕を与えてくれたりする。

里志はきれいな夕焼けを見ながら家路に就いた。

「俺はもう、逃げたり投げ出したりしない。レギュラーも甲子園も諦めない。ありがとう！そして頑張れ！『ヨイトマケの唄』に出てくるような俺の母ちゃん」

北海の大地にて女のロマンを追え

第一話

美女3人を乗せた飛行機は羽田空港を飛び立った。待ちに待った美女3人北海道旅行の始まりだ。

去年は青森ねぶた湯けむりみちのく旅行に行ってきた美女3人だ。この楽しかった旅の想い出が今年の旅に繋がった。去年はマイカーの旅だったが、このところの旅行業界のダンピングにより、旅行代理店のツアーの方が格安なので、近畿キッズツーリストの道央3泊4日プランに申し込んだ。

6月、それは、北の大地、北海道にとって長かった冬が終わり、自然が最も美しい時期である。北海道は春が短い。梅雨がなくすぐに夏が来る。北海道は広いので一概には言えないが、道央では東京のゴールデンウィークと同じ頃の気候であると思われる。桜は散ったばかりだが、大地には、ハマナス・スズラン・エゾカンゾウなどの野生の花たちがいっせいに咲きはじめ、山々は新緑に覆われる。まさに、世の春とばかりに存在感を発揮している。

機内ではこのめくるめく北海道の大自然へのいざないに美女3人が酔っていた。さらに、

「わずらわしい日常よ、しばし、さらば」

とビールで乾杯して酔っ払った。日常から解き放たれ、今から始まる旅への期待で夢見心地の美女3人であった。

その大自然の上、温泉・グルメをはじめ、あきらかに内地とは異なる景観を待つ北海道はもうすぐそこに……。

その時、キャーという歓声。その声の主は聖美ちゃんだ。トイレから戻る途中、窓から北海道が見えたのだ。

聖美ちゃんの、

「北海道よー」

の声の後、美女3人はいっせいに、

「ウオー」

と雄たけびを上げた。

「北海道だ、北海道だ、バンザーイ、バンザーイ、バンザーイ」

と何度も、バンザイを繰り返すこの美女3人組の歓声が全機内に轟いたのであろう。偶然にも同じ便に居合わせた早稲田大学バンザイ同盟のメンバーが駆けつけた。彼らはめでたい事があるとかけつけ、皆でバンザイをする事を目的とした非営利集団だ。営利を目的としない。胴上げ同好会とはライバル関係にある。このたびは北海道で合宿し、新しい技を開発するそうだ。

「バンザーイ、北海道だ、バンザーイ、バンザーイ」

この一連の騒ぎに、寝ていたビジネスマンも家族連れも自衛官もスターも皆、このめでたさを祝った。ある者は〝めでたさも　中くらいなる　おらが春〟と俳句を読んでいる。あちこちで祝杯があがる。まるでコロンブスが大西洋航路で新大陸を発見した時のような、マゼランがマゼラン海峡を発見した時のような騒ぎだ。

♫島が見える、見える。楽しいなー。みんな元気でーー♪

美女3人組の最年長の敦子がとっさに作曲して歌った。

ふだん見慣れているはずの客室乗務員達もかっさいを浴びせ、機内の食品類を全部かき集め、飲めや歌えやの大宴会になった。

そして偶然は重なるものでたまたま居合わせた松島千春が、アカペラで『大空と大地の中で』を歌い始めた。

♫果てしない大空と、広い大地のその中で、いつの日か幸せを、自分の腕でつかむよう♪

願ってもないシチュエーションだ。全員で大合唱になった。

「アンコール、アンコール、アンコール……」

松島千春はノリのいいアーティストなので、ファンサービスとして、

「朝までやるよー」

と叫んだ。大歓声の中、頭の中は常にクールな聖美ちゃんは、

「朝までやるって、この飛行機、いったいどこまで飛ぶんだよ」

とつっ込みを入れた。松島氏は痛いところをつかれ、

「つっ込みの俺としたことが」

と照れ笑いした。

この騒ぎはコックピットの機長にも報告された。この機長も、こういう体育会系の盛り上がりが大好きで、しかも日頃のストレスを発散させたかった。閉ざされた狭い密室で長時間、大勢の人命と高価な機械を預かるストレスは大変なものだ。

「ハイジャックに比べれば、こういうのは大賛成！」

と言い残し、後の事は副操縦士に任せ、客室に登場した。

乗客達は、この機長の乱入を歓迎し、

「機長！　機長！」

と大歓声のコールが続く。このシュプレヒコールの中、感極まった機長はアントニオ猪木のものまねで乗客を挑発し、

「1・2・3、ダー」

で興奮は最高潮に達した。最後にはだか踊りで盛り下げてしめくくり、コックピットに消えて行った。

するとどうだろう。一気に静寂な時間が機内に訪れた。今までの盛り上がりがうそのようだ。あまりにもテンションを上げすぎて、その反動がきたようだ。しかし、美女3人組のテンションはそんなものではすまない。聖美ちゃんは、早く北海の大地を踏みしめたくてしかたない。だが、国内便と言えど、タラップの少なくなっている時代である。大地を踏みしめるにはこの空港ビルから出るまでしばしの時間が必要だった。

機長のこぎたない生尻を見せらされた乗客達は、一瞬にして我に返り、機内に再び静寂が戻った。

「ふー」

とため息をつき、聖美ちゃんは集団心理とはおそろしいものだと思った。それと同時に、

「私達、美女3人組の〝北海道バンザイ〟から始まったんだ」

と北海道の偉大さを改めて認識していた。

そうこうしているうちにシートベルト着用のアナウンスが入った。このアナウンスをした客室乗務員の声は枯れていた。先程、さわぎすぎたようだ。その後うがいしていた。

飛行機が降下を始めた。耳がツーンとしてくる。窓の外は北海の大地だ。広い大地が、グングンせまってくる。まもなく新千歳空港だ。

美女3人組の夢を乗せた飛行機は、「キィウィ」と音を立てて滑走路に着陸した。飛行機は減速をはじめ、シートベルトのサインが消えた。飛行機が停止すると乗客は一斉に立ち上がり我先にと出口に向かいはじめた。

荷物を取り、券を渡し、コンコースに出ると、いろんな旅行業者の旗がふられている。近畿キッズツーリストを発見しツアー客がぞろぞろと集まった。添乗員が自己紹介をした後、点呼をとり、バッグタグを渡され、バッジを上着につけた。ここからが、この添乗員の仕切りのようだ。この30才位の女性添乗員は社員ではなく近畿キッズツーリストと契約しているフリーの旅行添乗員だ。添乗員の旗を目印に、いざ出発。ついに空港ビルから出る瞬間がきた。

美女3人組はいっせいに北海の大地に足を踏みおろした。この美女3人組は、あらかじめ寒水粉を袋に入れて持って来ていた。靴の裏に水で解かした寒水粉をつけて、第一歩をしるしたのだ。最年長の敦子はサンダル、フェロモン系の田中さんはハイヒール、聖美ちゃんは元気にスニーカーのそれぞれ足型を記念につけた。私達の一歩は小さいがと美女3人組は、それぞれ胸のすく思いだった。

そして、敦子はリーダーは私よと言わんばかりに、

「北海の大地にて、女のロマンを追え！」

と一喝。全員で雄たけびを上げ、チームワークの良さを強調した。

ハイテンションション美女3人組である。ツアーの一行も、つられて何人か歌っていた。

降り立った最初の北海道の印象は思ったより日差しが強かった。しかし、平原であるため風が強く、涼しく感じる。天気が良い。快晴だ。天も、美女3人の旅を祝ってくれている。空の色が違う。青く透き通っている。空気もおいしく感じる。その、北海道のおいしい空気を普通に吸っていてはもったいないので、深呼吸して聖美ちゃんは歌った。

♫見渡す限りに広がった、あの空を見よー。ひとまずすべてを忘れてしまったー。正しい心を忘れてなかったー♪

美しい歌声だ。この歌姫の歌に周りの人も聞き惚れていた。

この時はまだこの旅で大事件にまきこまれるとは、全く予想もしていない美女3人組であった。

このツアーの名称は〝近ツリでっかいどーろ3泊4日の旅〟である。そのツアー名の記された道央観光バスに乗り込んだ。知らない人ばかりだが、東京から来た人達は同じ飛行機だったので、美女3人組はすでに有名人になっている。大阪からの客は知らない。

添乗員がバスガイドを紹介してからはバスガイドの世界だ。

「私がこのツアーのガイドを務めさせていただく山田花子です」

パチパチ拍手で湧きかえった。敦子は、

「何でそんな古くさい名前なのー」

とヤジをあびせたが、それも歓声に聞こえたバスガイドは、気を良くしてピースサインを送った。ただ、心の奥では、

「今だけ、今だけ、そのうちガイドしていても、寝たり、隣どうしでしゃべったりで聞いてくれなくなるんだ」

なんて思っていた。

その後、運転手が紹介された。ただ客に背を向けたままで、バスガイドのようなリアクショ

ンも期待できないにもかかわらず、ツアー客は、運転手にも同様の拍手を送った。すると、何を考えたかこの運転手、立ち上がって、客の方を向き、ピースサインを送っているではないか。客は、危ないなこの運転手と思った。実は、この運転手は常日頃、観光バスの運転手のありかたに疑問を抱いていたのだ。いかに、ツアー客の人命を預かるとはいえ、お客さんから拍手をいただいたら、何かしらポーズで応えたい、エンターテイメント運転手でありたいと思っていたからだ。しかし考えは浅はかだった。サービスのつもりが裏目に出た。ピースで応えすぎて、出発してすぐ前の車に追突してしまった。拍手がブーイングに変わった。

このような運輸関係の会社は事故マニュアルがきっちりしているので対応は早かったが、時間はロスした。このときこのツアーで何かが起きると不安がる客もいた。有珠山が大噴火するのではという噂がまことしやかに流れた。バスの運転手の哀愁を帯びた背中がそれを連想させていた。美女3人組は、そんな噂話などおかまいなしで相変わらず盛り上がっていた。

バスは、新千歳空港を出発し、支笏湖に向けて走っていた。その道すがらに、

「わー。なーに。あの屋根、あの煙突、アンデルセン童話みたーい」

千歳市郊外の住宅地を走っている。マッチ箱を並べたようだ。瓦が全くない。重い積雪に耐えられるよう、屋根は軽くしてある。カラフルな色の金属瓦や、コロニアル・カラーベストと

いった屋根材が主流だ。そして屋根にはヨーロッパの童話に出てくるような大きな煙突が必ずついている。といっても、暖炉用はごくわずかで、ほとんどがポット式ストーブ用である。そして、その背後は、道東・道北のような地平線ではないが、はるかに広がる大地だ。今まで、絵に描かれていた景色が現実のものとなった。

道央の旅である。しばらく走ると山が近づいてきた。そして峠を越えると大きな湖が眼下に広がる。本日、最初の目的地の支笏湖だ。支笏湖温泉街の駐車場に到着した。ツアー一向は、支笏湖観光船に乗り込み、雄大な自然に包まれた湖水の旅をのんびり味わった。最大水深363m国内第2位の深さ、透明度は第3位だ。どこまでも水底が見える。水没した大木を見ていると、すい込まれそうだ。湖の南には樽前山が広い裾野を見せながらそびえる。その頂上に、高さ134m・直径450mの溶岩ドームがのっかっている。大きなまんじゅうのようだ。

一向は支笏湖を満喫し、バスに乗り込んだ。次の目的地はアイヌ文化伝承の里、白老だ。ポロト湖に面した園内にコタン（部落）の姿を再現したアイヌ博物館に入った。アイヌ民族の専門博物館としては日本最大規模だ。21世紀の日本にまだこんな人達が……。と思わせるほどのカルチャーショックだ。もちろん、彼らは仕事でやっている事で、現在は日本人の生活と同じだ。もっとも、日本人と書くことが差別なのだが、純血のアイヌ人の人口が1万人を切ったのは、20年以上前なので、今ではもっと激減しているんだろう。北の先住民アイヌの人々が育んだロマン溢れる伝統文化と歴史にふれた一行はバスに乗り込んだ。そろそろ陽が沈みかけてきた。バスは、本日の宿泊地、登別温泉を目指した。

登別温泉の第一滝本館にチェックインした一行は、それぞれの部屋に入り一息ついた。この第一滝本館は登別温泉の草分けだ。160年以上前、江戸幕府の募集に応じて北海道へ渡った滝本金蔵が湯宿を建てたのが始まりだ。このホテルは温泉のデパートと呼ばれ、1500坪の大浴場や露天風呂、檜風呂、気泡風呂、蒸気風呂など35もの風呂と、7種類の源泉を楽しめる。部屋からは、明日の目的地、地獄谷が眺められる。ただし、ツアーなので夕食は大広間でバイキング形式だ。ホテルのパンフレットで見るメニューには、ほど遠い感じがするが、

「まあ、カニが食べられたからカンニンしましょう」

と敦子がオヤジギャグをとばした。たまに、聖美ちゃん達をオヤジギャグで困らせる。さらに、

「オヤジギャグとオヤジギャルをかけてるのよ。わかる？」

とわざわざ説明するあたり、さらにオヤジっぽい。こうして、楽しい夕食の時は過ぎていった。

食事の後はもちろん温泉だ。先述した各種の源泉と風呂をはしごしてまわった。露天風呂では、お盆に熱かんととっくりを置いて浮かべて乾杯した。

「あー。いいこんころもちだー」

「あっ、そのフレーズ聞いたことあるよ」

誰からともなく
♫ばばんばばんばんばん♪

と歌が始まると、すかさず、

「あーびばのんのん」

と合いの手が入る。

♫いい湯だな、いい湯だな。湯気が天井からぽたりと背中に、冷てえな、冷てえな。ここは北国、登別の湯♪

楽しい夜はふけていった。

第二話

2日目のスタートだ。まだこの美女3人組はあのいまわしい事故に巻き込まれることなど思ってもいなかった。

まず登別の地獄谷を歩いた。登別温泉は地獄谷から硫黄を採掘していた岡田半兵衛が共同浴場をつくった事に始まる。11種類の泉質を持つ温泉地として世界でも珍しい存在だ。その湯の3分の2がここから引湯されている。直径約450m、面積約11haの爆裂火口の跡の様子は、整備されてあるとはいえ地獄そのものだ。あちこちから白い蒸気やガスが立ち上り、時々間欠泉が熱湯を吹き上げる。

その後一行はロープウェイでのぼりべつクマ牧場を訪ねた。約70頭のヒグマがいる牧場だ。場内で売られているエサを投げ入れると、たくさんのクマが立ち上がって手を挙げる。

「かわいー」

美女3人はヒグマがこんなにかわいいとは思わなかった。そして、クマを間近に観察できる〝人のオリ〟に入ると、クマと人間の立場が逆転する。今まで、エサをねだる姿に、北の王者

の風格を忘れていたのが、ここに入ると、

「やっぱりヒグマってこわいねー」

と再認識させられた。ツアーはさすがに綿密に構成されている。限られた滞在時間であるが、クマのショーも見学することができた。

クマざんまいのクマ牧場を後にしてバスは、鉄の町、室蘭に向かった。チキウ岬で太平洋を眺めた。内浦湾をぐるっと見渡すと、対岸の渡島半島までわずか30㎞余り。雄大な駒ヶ岳がはっきり見える。

「意外と近いものね。函館まで内浦湾をぐるっと回るから何時間もかかるけど、距離的には近いのね」

ここから日高地方もはるかに望める。

その後新しく開通した白鳥大橋を渡った。この橋は陸けい島である室蘭半島にとって画期的な橋だ。室蘭港を一またぎ。豪快に海に架かる橋だ。鉄冷えの室蘭。そこに広がる日本製鉄はじめ工場群の煙突が心なしか寂しそうに見えた。

バスは進路を北に向けて進む。次は本日の最終目的地である洞爺湖だ。内浦湾岸を進み、伊達市街地を右折して海と別れを告げ、山に向かった。いよいよ、近年大噴火した有珠山とそのすそ野に広がる洞爺湖温泉街だ。バスガイドから、まず最初に紹介されたのが、バスの正面に見える昭和新山だ。なんとも異様な形をしている。標高は低く小さな活火山だ。山麓こそ森林に覆われているが、山腹から上は、かっ色の岩が露出していて、まるで素っ裸だ。その武骨な握りこぶしのような山を見て、おやじのはげ頭みたいだねと美女3人はうけて笑っていると、前に座っていたはげオヤジがうつむいた。昭和新山は、その名が示すように、昭和18年、爆音とともに噴火したところから名付けられた。その後、平坦な麦畑が2年をかけて標高407mに隆起した活火山だ。バスは、麓のお土産物街に止まった。なかなか広大な施設だ。美女3人組はアツアツの揚げ芋に舌鼓を打って地ビールを飲みながら噴煙をながめた。

お土産物街を出発したバスは、洞爺湖を正面に眺めながら坂を下って行った。バスの左手には、2000年3月31日に噴火した有珠山が見えてきた。バスは湖にぶつかり左折すると、現在の噴火口がよく見える。湖畔沿いを走るにつれ、噴煙が間近にせまってきた。

「煙がこんなに近くに。ずい分、低い所に噴火口があるのね」

実際は3ケ所なのだが、このあたりから見えるのは2ケ所の噴火口だ。なにしろ一度は温泉街全域に避難指示が出され、この道内一の規模を誇る一大温泉観光地が廃虚と化した時期がある。観光産業で生計をたてていた人々や街は大打撃を受けた。その後、序々に緊張は緩和していき、5月5日、洞爺湖遊覧船が運航を再開。6月10日、洞爺湖温泉街で2軒のホテルが営業を再開。14日、観光施設が集中する洞爺湖温泉街東側地域の避難指示解除。7月25日、自衛隊が復旧作業を撤収し、残っていた洞爺湖温泉と泉地区の避難指示を解除して、夏の観光シーズン最盛期を迎えた。しかし沈静化したとはいえ、不気味な噴火活動は続き、この大きなイメージダウンにより、観光客は激減、街の死活問題となった。火山がこの街を豊かにしたが、その火山によってこの街は衰退した。しかし、そのままでへこたれる街ではなかった。9月9日、北海道大学の観測により、やっと、有珠山のマグマ活動終息を確認。10月16日、虻田町が洞爺湖温泉復興計画をまとめ、有珠山・洞爺湖復興PRキャラバン隊が全国へ出発した。

その復興PRの目玉が新しくできた、この2つの噴火口なのだ。大惨事になるところだった噴火口を逆に観光の目玉にした。湖から見ると、向かって左が有珠山の名前から命名し、有(ゆう)くん、右が珠(たま)ちゃんだ。敦子は顔がさとう珠緒に似ていると評判である。ツアーのみんなから珠ちゃんだってと一斉に指をさされた。すでにこの美女3人組は人気物だったのだ。

ところがそれを快く思わない熟年女性がいた。この女性は、隣のダンディーな男性と2人連れだ。夫婦らしいが全く会話も笑顔もない女性を聖美ちゃんは気にしていた。

ツアーの皆が有くん、珠ちゃんで盛り上がっていた時だ。笑顔のツアー一行の中で唯一無表情だったその女性が、敦子に向かって、

「あんた、いつもうるさいのよ。少し静かにしてちょうだい」

と怒った口調で言った。どうも、敦子のきんきん声が前々から耳についていらいらしていたようだ。敦子のきんきん声は、その愛くるしい顔との相乗効果で、よけいかわいく感じさせるのだが、聞く人によっては耳に響いてうるさく感じるようだ。

せっかく盛り上がっているのに、水をさされた美女3人組はいらだった。

「あんた暗いのよ。みんな楽しく旅してるのに何言ってんの」

とけんかが始まった。

「静かに旅を楽しみたい人だっているのよ。みんながあなた達と同じじゃないのよ。バカ!」

「バカとはなによ!」

敦子も負けていない。

「そのきんきん声がうるせえんだよ」

上品ぶっていた無表情女性はついにきれた。しかし、相手は無敵の美女3人組だ。勝ち目はない。やっと隣のダンディーな男性が立ち上がり、

「京子、みんなに迷惑じゃないか。やめるんだ」

やはり夫婦だ。しかしこの男性の話など、聞く耳を持たず、怒りの女性は夫にも食ってかかった。

どうも深い訳がありそうだと感じた聖美ちゃんは、くやしいがここはひとまずと考え、このけんかを終結させた。この聖美ちゃんの適切な行動に車内から拍手が起こった。何か、事件の前ぶれを感じさせる出来事だった。

まもなく、バスは本日の宿泊地、洞爺湖温泉街に入った。サンパレス・湖畔亭・万世閣・洞爺パークホテルと巨大なホテル群が次々に登場する。観光遊覧船乗り場に到着した。

一行は遊覧船エスポワールに乗り込んだ、実はこの遊覧船に乗ったあたりから、話が枝葉に分かれ、複雑化してゆくのだ。中世の古城をイメージした豪華双胴船エスポワールは、広い洞爺湖を一巡する。

聖美ちゃんは、有珠山、昭和新山そして蝦夷富士といわれる羊蹄山を臨む雄大な景観にしばし圧倒され、長い黒髪を風になびかせていた。そこへ、関西弁の集団が近づいて来た。聖美ちゃんが振り向くと、

「かっちょえー」

男性2人と女性1人の同じツアー客だ。

「さっきのバスの中の事やがなー。ごっつぅ見事やったんか」

「ほんまや。うちもな、同じ女でも惚れるわ」

とすっかり意気投合した。なんでもこの3人組はロックバンドで、ライブハウスを中心に活動し、地元大阪では、自費制作ながらCDデビューしたが、メジャーデビューへの道は遠く、音楽性の違いから解散するか否かをこの旅行中に決めるそうだ。聖美ちゃんは、そんな人生を決めるような大切な旅行に私がまざっていいのかなと思ったが、3人組は、ただでさえギグギャグ（オヤジギャク）した関係のところに明るい聖美ちゃんが入ってくれて大歓迎のようだ。

エスポワールは風を切って進む。初日に続き今日も快晴だ。風が心地良い。その時だ。美女3人組のフェロモン系田中さんがデッキに目をやり、渋い中年男性を見つけたのは。実は、昨日から気になっていた。一人旅なのだろうか、それにしても私のタイプだからいいきっかけがないかしらなどと虎視眈々と狙っていたのだ。名案が浮かんだ。非常に古典的だが。田中さんは敦子に、

「ちょっとおトイレ」

と言って席を立つ。渋い中年男性に近づき、わざとらしくハンカチを落とした。それに気づい

た男は、子供時代に遊んだ〝ハンカチ落とし〟だと思って参加の意思がないと言おうとしたら、田中さんは、

「いけなーい。ハンカチ落としちゃった」

と言って、しゃがんでハンカチを拾った。その時、フェロモン系美女の田中さんの胸元からのぞいた胸の谷間を間近で見た中年男性は、すっかり田中さんの虜になった。田中さん、作戦成功。ロマンスが始まった。

いろんな出会いを与えながら、エスポワールは、湖の中央に浮かぶ中島に寄港した。中島といっても4島から成り、一番大きな大島に立ち寄った。湖に浮かぶ島としては驚くほど大きい。この島には森林博物館があり、エゾシカが生息している。残念ながらエゾシカは発見できなかったが、田中さんは見事射止めた男性と2人でカラマツ林を歩いた。その様子を見ていた聖美ちゃん達は、

「さすが田中さん。得意のフェロモン攻撃ね。ただし、あの男、影があるな。どうも気になる」

「せやろ。うちもそう思うねん」

「ほうか？　後姿に影があるっちゅうのは渋い男の基本やろうが」

「よっ！　健さん」

この即席、編成4人組はこのカップルを祝福した。

そうして、エスポワールは温泉桟橋に到着した。あの有名な洞爺湖ロングラン花火大会に合わせて出航され、船上から眺められるのだ。桟橋からは徒歩で本日の宿泊ホテル湖畔亭に案内された。このホテルの目玉は、最上階にある空中露天風呂から見るダイナミックな花火だ。館内は日本庭園など日本情緒たっぷりの風情や調度品で統一され、雅である。夕食は大広間だ。

その後、聖美ちゃんは例のグループに、田中さんは例の彼氏のところに遊びに行った。一人になった敦子は、

「まあ、たまには一人でのんびりお湯につかりましょう」

とロングラン花火大会をホテル自慢の空中露天風呂から眺めた。とても美しかった。少し寂しい気もした。


翌朝、早起きして美女3人組は空中露天風呂に入った。

「きのうは暗くて見えなかったけど、羊蹄山がみごとねー」

「本当。富士山みたい」

聖美ちゃんは、例のグループと、ほとんど朝まで飲みあかして酔いざましだ。田中さんは例の彼氏と過ごした一夜を得意気にまくしたてた。聞き役の敦子は『北海の大地にて女のロマンを追え！』と、当初から燃えていたので、何かロマンスが欲しくなった。美女3人組は、昨夜のロングラン花火大会の話で盛り上がった。

♫恋をしようよ、花火をしよう♪

この歌のように、今も快晴だ。

第三話

3日目のバスは出発し、国道230号を北進、ニセコを目指した。途中、サイロ展望台に立ち寄った。ここからの洞爺湖の眺めは、テレビ画面を通してよく目にした眺めだ。有珠山噴火で多くのマスコミ陣が選んだ場所で絶景を一望し、洞爺湖に別れを告げた。遊覧ヘリコプターが飛び去っていた。

バスは羊蹄山の南麓を巻くようにして西に向きに変えた。道内一の遊園地その他、遊びのメニューいっぱいのルスツリゾートの手前で左折したのだ。途中、細川たかしの故郷、真狩村には細川たかしを讃える碑があった。

富士山のような成層火山の羊蹄山の先に、玉ねぎのような、少し異様な形をした山が見えてきた。頂上が2つある。スキーのメッカ、ニセコアンヌプリだ。国道5号線を横切る時、羊蹄山とニセコアンヌプリが兄弟のように右と左それぞれそびえ立つ。さらに、バスはニセコアンヌプリ中腹に向かった。

ニセコひらふスキー場に到着した。ただし、スキー場はすでにクローズしている。このツアーの目玉はラフティングだ。ただし、自由参加なので、添乗員は参加者を募り、案内した。きのう、バスの中で敦子とけんかした京子と健さんは不参加だ。田中さんは健さんを誘ったが、

「ニセコお花畑でのんびりしたい」

と言われた。

ラフティングは道内一のアウトドアレジャーエリア、ニセコならではの人気メニューである。敦子と田中さんは、

「私にもできるかしら?」

と、最初は不安だったが、元気な聖美ちゃんが一緒だし、プロガイドはオーストラリア、ニュージーランドからやって来た楽しい人達ばかりだ。安心して挑戦することにした。

美女3人組と、昨日バス内でけんかした京子の夫である高須は同じラフティングボートで出発した。雪解け水で増水した激流を下るレジャースポーツはスリル満点だ。大きなゴムボートに乗り込み、皆で息を合わせて下るラフティングは笑いが止まらないほど楽しい。連帯感がたまらない。

この楽しいレジャースポーツの最中ついに事件が起こった。コース最難関の激流にさしかかった時だ。〝ザッパーン〟と大きくバウンドしたゴムボートから、一人の男が転落したのだ。

高須だ。

「助けてくれー。泳げないんだー」

同乗しているプロガイドが救命ブイを投げた。しかし、何者かによってロープが切断されていた。重みがないのでロープは遠くに飛ばなかった。高須に届かない。しかも、何者かによって、高須の身につけているライフジャケットが吸水性の素材の物にすり替えられていた。高須は、みるみる水を吸っていくライフジャケットの重みと激流で、ほとんど沈みかけている。事態は一刻を争う。

「助けなきゃ」

正義感の強い聖美は頭をかかえて嘆いているプロガイドを尻目に、無心で自分の櫂に切断されたロープを結び、高須をめがけて投げた。鮮やかな放物線を描いた櫂は、高須の背後に達した。

「早く櫂をつかんで!」

溺れて意識が薄れていた高須は、この天使の声に目がさめたかのように死にものぐるいで櫂をつかんだ。

この緊迫した状況の中、聖美ちゃんが、櫂を投げた瞬間、

「賽は投げられた」

「ブルータスおまえもか」

「来た、見た、勝った」

と古代ローマの名言を乱発する周囲の叫び声が聞こえた。後方から来た次の艇の参加者だ。あの、早稲田大学バンザイ同盟の連中だ。高須が櫂をつかんだ瞬間、

「ばんざーい。ばんざーい」

を連呼する。聖美ちゃんは再会の喜びとともに、彼らの応援を快く思いロープを思い切り引いた。バンザイ同盟とは、新千歳空港で別れていたが、まさかここで再会するとは。このラフティングは、バンザイ同盟のチームワーク強化のため合宿のメニューに組まれていたのだ。

激流だ。聖美ちゃんのたくましい上腕二頭筋がうなった。負荷が激しく肩にかかる。敦子と田中さんもこの救助作業に加わった。さっきまで頭を抱えていたプロガイドはこの美女3人組の活躍に、突然元気をとり戻し、その他の参加者に対して、

「今こそ、我々のチームワークを発揮するのだ」

と発し、参加者全員で高須の命の綱を引っぱった。

「オーエス、オーエス！」

プロガイドは、あまり疲れるのはいやなので、号令をかけることに終始した。

そして、高須の腕がゴムボートに達すると、聖美ちゃんが一気にゴムボートに引き上げた。

その瞬間、この川岸の林の中から、男達の歌声が聞こえてきた。歌声はどんどん近づき、彼らは姿を現した。

♫やった、やった、君が変わればー、世界も変わるー♪

裸族だ。男性器をはっぱ一枚で隠しているだけだ。未だ文明人と接触のない未開の先住民が、このようなニセコ山系に暮らしていたのだ。たまたま、この艇に同乗していた大学教授の民族学者が、

「彼らは、はっぱ隊である」

と説明した。

さらに狂喜乱舞は続く。首長と思われる〝ナンバラ〟と名乗る者が、さわやかに登場し、

♫はっぱ一枚あればいい、生きているからラッキーだー♪

と、はるか空を見上げて踊る。人命救助した聖美ちゃんを讃えているのだ。〝ナグラ〟と名乗る者の顔のホリは深く、まゆは濃い。このはっぱ隊はまちがいなく北海道の先住民だ。開発されつくした日本。この時代にまだこのような民族がいたのだ。北海道に未開の先住民がいたの

だ。

なお、聖美ちゃんはこの救助作業中に肩を痛めた。プロガイドはこの聖美ちゃんの栄誉に対し、

「痛みに耐えてよく頑張った！　感動した！　おめでとう！」

とガイド賞を贈呈した。聖美ちゃんは、この賞を天高々とさし上げた。

「ばんざーい！　ばんざーい！　ばんざーい！」

バンザイ同盟の祝福の嵐に合わせ、はっぱ隊が踊り歌う。

♫やった！　やった！　君が変わればー、世界も変わるー、はっぱ一枚あればいいー、生きているからラッキーだー♪

全員、はっぱ隊から渡されたはっぱを身につけ踊った。この晴れやかな門出に際し、高須の落水事故は何事もなかったように忘れ去られ、みんな、北の先住民との交流をはかり、バンザイ同盟の今後の方向性などについて語り明かした。

スリルと興奮と感動のフィナーレでラフティングを終えた一行はラフティング不参加者達のいるニセコお花畑に向かった。そして、野生の花があたり一面に咲き香るニセコ高原を散策した。そこでキタキツネと出会った。冬は雪に覆われているため栄養不足のようで、やけに腹回

りが細かった。北海道では、どこにでもいる動物だそうだ。

しばらく歩いていると、敦子は男から声をかけられた。もしかして私もロマンスなの？　と期待し、

「えっ」

と振り返ると、先ほどの落水者だ。敦子のけんか相手の夫だ。

「先程はどうもありがとうございました。高須と申します」

「奥さんとご一緒じゃないんですの？」

「気分が悪いのでバスに戻りました」

あいさつをすませると、身の上話を始めた。内容は、この大自然にふさわしくないドロドロした話だ。この夫婦は仮面夫婦ですでに別居中なのだ。妻の名は京子。こんな2人がツアーに参加したのは、互いの親同士が、関係を修復させるために申し込んだのだ。京子は、

「夫と同じ空気を吸ってるのもいや」

と言って実家に帰っていたのだが、この夫婦がそれぞれ参加を決めたのは、それぞれに思惑があるからなのだ。高須は小さな建築設計事務所の社長であり、仕事上の理由で取引先とのパーティーの席など、夫婦の形式だけでも維持しておきたいのだ。だから妻からの離婚のさいそく

にも決して首を縦にふらないでいるのだ。

高須は身の上話を続けた。自分の不利になる事はいっさい言わず、自分の置かれている立場のつらさや、妻の悪口などをとつとつと語った。実は高須は敦子のタイプだった。ツアーの最初からそう思っていた。だから、高須のめめしい話を親身になって聞いてあげた。聞いているうち、高須がかわいそうにさえ思えてきた。私が奥さんに代わってあなたをいやしてあげたい、そう思っていた。不倫という甘く淫美な世界に落ちそうだ。

そのとき、木の影から2人を見る鋭い視線が。高須の妻、京子だ。バスに戻ったふりをして、実は高須の後をつけて来たのだ。何をかくそう、高須がこのツアーに参加したのはツアーにかこつけて、最近出会い系サイトで知り合った札幌の女性を訪ねるためだったのだ。この事は京子に知られていない。女性の勘だ。夫の浮気のしっぽをつかみ、離婚調停の決め手とするために参加したのだ。

「慰謝料むしり取ってやる」

事件の香りがたち込めてきた。敦子の身にこの先何かが起こるのだろうか。しかし、京子は最終的に慰謝料が目当てのはず。まさか殺意はないのでは？　関西のミュージシャンはそうでもないが田中さんの彼氏（健さん）の訳ありげな後姿も気になる。どうなるこの先、美女3人組の運命は？

バスはニセコお花畑を出発し、ニッカウヰスキーで有名な余市町を通過した。左手に日本海を見ながら小樽に向かった。道中、蘭島や塩谷の浜辺の景色が良かった。国道5号線の長橋トンネルを抜けると突然、一面に街並みが広がった。久々の都会だ。このツアーは前半、自然と温泉をメインにしていたので、そろそろ町が恋しくなる頃である。うまい構成である。稲北十字街を右折すればJR小樽駅だが、ここは直進し、海（小樽港）に向かった。Y字路が近づいてきた。そう思うやいなや、そこはもう小樽運河だ。

「レトロー」

「突然現れるのねー」

「タイムスリップしたみたい」

などと言いながらバスは竜宮橋の先の駐車場に止まり、一向は異国情緒漂う小樽運河沿いを歩いた。

運河のほとりに立ち並ぶ石造りの倉庫群。御影石が敷き詰められた運河沿いの散策路には、63基ものガス燈が立つ。特に運河の北側は北運河と呼ばれ、昔ながらの風景を見せている。そんな情緒豊かな小樽運河だが、不似合いな音が聞こえてくる。ストリートミュージシャンが意外なほど多い。

「わしらも、昔はこないなかったんやで。聖美ちゃん」

「せや、自分、音はずしてばっかりだったやん」

「うそや、自分かて」

昔の話になると、とたんに気の合うグループだ。

「あの頃は、金ないけど、夢だけはごっつうあったねんなー」

「あほか。今かて金ないやんけ」

この和気あいあいとした状況に、

「もう一度、初心に返ってやってみたら」

と聖美ちゃんは提案した。

「冗談言わんといてんかー」

「うちかて、もういややわー」

と言いながら、まんざらでもないようだ。

この頃、美女3人組はすでに別行動になっていた。田中さんは、ごく自然に健さんの腕を取り、2人で浅草橋から人力車に乗った。人力車に揺られながら、田中さんのリードで『小樽のひとよ』を歌いながら寄り添った。

敦子はというと、とっくに高須に恋心を抱いていたのだが、不倫はまずい。京子の視線があるのでどうすることもできない。歯ぎしりしながらの見学だった。

一行は、ガイドを先頭に堺町通りを歩いた。通りの山側は、かつて小樽が〝北のウォール街〟と呼ばれた名残である銀行・商社などが建ち並ぶ。戦前は、札幌よりも小樽が北海道の経済の中心だったのだ。ツアーの一行と少し離れて歩いていた敦子が、突然声をかけられた。寿司店の客引きだ。それに気づいた高須がかけ寄り、

「ツアーですから」

と断わった。最近、観光客からの苦情が多いキャッチ寿司だ。港小樽といえば寿司。寿司屋横丁と言うものがある。しかし、甘い言葉には要注意だ。敦子は高須が来てくれて嬉しく思ったが、そのすぐ背後から、

「あなた、女だったら誰にでも親切なのね……」

と京子がなじったので、高須はその場から離れた。敦子にはうっとうしい存在だ。

そして一行は北海硝子三号館に入った。石造りの古い建物の三号館が一番大きく、北海ホー

ルは同じ建物にある。167個の石油ランプが灯る幻想的なホールだ。約1万種類ものガラス工芸品が勢揃いして思わずため息がもれる美しさだ。石油ランプ、食器類、アクセサリー、小物などが目を楽しませてくれる。

「かわいー」

「あ、これかわいーね」

という声が館内にあふれた。

「かわいければいいのかー」

健さんはつぶやいた。美女3人はそれぞれショップでおみやげを買った。この時、聖美ちゃんは、田中さんの渋い彼氏（健さん）が高須に対して、鋭い視線を送っている事に気づいた。

「田中さん、危険よ。健さんは、実はゲイなのよ……」

と言ってあげたいくらいしつこくしつこく見ている。

その時だ。

「ガッシャーン」

と大きなガラスが割れる音がした。天井の大きな石油ランプ（シャンデリア）が、一人たたずむ高須の目の前に落ちてきた。あと数センチ後方だったら高須は死んでいたかもしれない。腰

を抜かして動けない高須のもとに、

「大丈夫」

とかけつけたのは、妻ではなく敦子だった。

第四話

高須はラフティングの転落事故といい今といい、恐くなった。しかし、抱え起こす敦子と、これから会う出会い系サイトの札幌の女性。今後の展開を思うと、そっちの期待の方が大きく、恐怖心はすぐに薄れていった。いやし系の敦子の腕の中で高須の心配事はなくなった。あたりは騒然となったが、幸いけがもなく館長の謝罪をうけた後、一行は再び楽しい旅行を続けた。

メルヘン交差点でUターンだ。このへんも入ってみたい建物が多い。もう一度、小樽運河で昔情緒を満喫してバスに乗った。

なごり惜しいが小樽を出ることになる。本日の宿泊地は札幌だからだ。ガイドさんからライトアップされる運河の美しさや、オタモイ海岸、鰊御殿、天狗山など次々に紹介された。小樽インターから道央自動車道に入ってすぐ海側に、新しい名所、ウイングベイ小樽が見える。総面積34万㎡の大型複合施設だ。

「あの大観覧車に乗りたーい」

車内はにぎやかだ。京子のまゆがピクッと動いた。敦子が相変わらずキンキン声だからだ。マリーナとウイングベイ小樽にはさまれてかつて石原裕次郎記念館があった路地に建つグランドパーク小樽が見える。小樽港に出入する大型船と日本海。夜景は見られないが、この高台を走る道央自動車道からの眺望は素晴らしい。

高速なのでバスは、あっという間に札幌市に入った。さすがは人口200万人に達する勢いの北都だ。バスの右手はるかに建ち並ぶビル群と住宅街。小樽の比ではない。

札幌北インターで高速から降り一般道に入った。道路は計画的に、碁盤目状に整備されている。その道路に沿って並木が続く。りんご並木だ。碁盤の目ゆえに信号がやたらと多い。中心地に進むにしたがって道路は渋滞してきた。

バスは、JR札幌駅手前を左折した。本日最後の目的地、サッポロビール園だ。現在は大手4大ビールメーカー全て、この札幌にビール園を持っているが、このサッポロビール園が最も古い。工場見学の後はおまちかね、本日の夕食会だ。

「キャー、こんなに大きいのー」

「厚いねー」

ボリューム満点のジンギスカンに舌つづみを打ち、隣接の工場から届く鮮度抜群(ビールの

敵は輸送時の揺れ）のサッポロ生ビールのジョッキを手に、

「乾杯ー！」

「おいしいねー」

「アワがソフトねー」

「私、札幌に来たら、ジンギスカンと生ビールと雪印パーラーのアイスクリームと大通公園のとうきびを食べるのが楽しみだったのー」

「私は、それに加えてラーメン横丁ね」

「私、カニ」

「いよいよ最後の夜ね」

「あー、まだ帰りたくないよー」

「このまま北海道のひとになっちゃおうかしら」

「それもいいかもねー」

「だよね」

美女3人組の話は尽きない。

「ところで、明日の最終日、自由行動ね。みんなどこへ行くの？」

「わたし、スリー・キャット・ナイト（先述のロックバンド）と一緒に大通～すすきののストリート系」

「私、健さんとデートの約束したの」

敦子は、初めに話を切り出した以上、

「私も高須さんと……」

と言いたかったが、不倫なのでどうしようもない。思いはつのるばかりだ。

旅の心地よい疲れにビールを飲んで、みんないい心持ちだ。そんなたのしい雰囲気につつまれた中〝ガチャン〟と皿の割れる音がした。形式上、夫婦で行動している高須と京子の席だ。京子がついに切れたようだ。高須に皿を投げつけたのだ。居たくもない人と一緒で何の会話もなく、ただ時間が過ぎている。こうしているうちにまだ夫の不倫の現場をおさえられないでいるいら立ちで、夫を大声でなじっている、ふだんは黙って聞いているだけの高須だが酒の勢いと、敦子と2人きりになれないもやもやと、会えるかどうかわからないメル友への思いが交錯してきた。2人の魅力的な女性を思えば思うほど、目の前にいる冷め切った本妻が嫌になった。京子の矢継ぎ早に出る罵声に、一度は対抗したが、やはり口では勝てない。

「このアマー」

ついに、高須は京子に平手打ちをみまった。ツアー一行の周辺が一瞬シーンとなった。敦子が後先も考えないで高須をかばいに行った。

次の瞬間、なんとあの物静かな健さんがビールを片手に握り立ち上がった。その視線は明らかに高須に向いている。なにもそこまでと思った田中さんは、健さんをなだめに行った。田中さんはフェロモン系なので色っぽく、

「いやーね。健さんたら、どうしちゃったの？　……あっ、気がつかなくてごめんなさい。ビール、私がついであげるね」

とビール瓶をそっと奪い取った。殺気立っていた健さんは、急に腰くだけになったようにイスに腰かけた。どうも田中さんのようなセクシーな女性に弱いようだ。

「あの人はゲイじゃなかった」

聖美ちゃんは、健さんのただならぬ殺気を感じとっていた。

「そういえば、北海硝子でのガラス落下事件の直前もあんな目をしていた。明日の自由行動は危険だ。強引に私達のグループで連れてっちゃおうかな？」

と考えていた。

敦子と聖美ちゃんと3CN（スリー・キャット・ナイト）達によって高須夫妻の夫婦げんか

はおさまり、田中さんによって健さんの殺気はおさまった。

楽しいジンギスカンの晩さん会が終わり、一同はバスに乗り、このツアーの最終宿泊地、ANAクラウンプラザホテル札幌にチェックインした。ここでは京子が添乗員に食ってかかっていた。もう何もかも気に食わないようだ。そのようすを見て、敦子は、

「高須さん、あんな鬼とは早く離婚しちゃいなさいよ。こんなんじゃ、旅が楽しくないでしょ。かわいそう」

とつぶやいた。なにしろ高須の話を聞く以上、敦子には、妻が悪いように聞こえていたから無理もない。

昨日までの温泉観光ホテルとは一変してシティホテルだ。夕食は終えているので、美女3人組は今日の旅の話をしながら、しばし部屋で休憩した。

田中さんは絶好調なので着替えながら歌を歌っている。

♫逢いたい気持ちがままならぬー。北国の街はー♪

その歌を聴いていているうち敦子は、不倫できず、がまんしているストレスから、だんだんムカついてきた。しかも、1番で終わらず2番も歌っている。

♫2人で歩いた塩谷の浜辺ー♪

「あんた、塩谷なんか歩いてないでしょ！」

とイラ立ちまぎれにあたりちらした。

「なによ、敦っちゃん、自分がうまくいかないからあたってるんでしょ」

と言って健さんの部屋に行った。

雰囲気があまり良くないので、聖美ちゃんも、

「明日の計画立てに行って来ます」

と言って3CNの部屋に行った。

シーンと静まり返った部屋、敦子はテレビをつけた。お笑い番組で、笑う所なのだが、敦子は高須の事を考えていてうわの空だ。

そんな時、敦子の携帯にメールが届いた。

何だろうと思って見ると『時計台で待つ。高須』とある。敦子はこの願ってもない展開に歓喜した。

敦子は、急いでユニットバスで体をきれいにして時計台に走った。国の重要文化財に指定されている札幌時計台は、札幌農学校（北海道大学の前身）の演武場として、1878年建設され、1881年に時計台が付設されて以来、139年もの間、正確な時を刻み続け、澄んだ鐘

の音を都心に響かせている。

敦子は目がいいのですぐに高須を見つけた。

「高っちゃん」

高須はニックネームで呼ばれるとは思わなかった。その気さくでかわいい敦子に、どんどん心奪われていく。

「写真撮ろうね」

しかしいいポイントが見つからない。

「どこから撮っても、まわりのビルが入っちゃうね」

「少し興ざめだね」

「ビルがじゃまだー」

時計台の所在地は、中央区北1条西2丁目のオフィス街のどまん中だ。そこら中に高層のインテリジェントビルが建ち並んでいる。

その後、急速に2人の仲は深まった。新しい恋の始まりだ。このツアー、田中&健さんに次いで2組目のカップル誕生！

♫時計台の下で逢って、私の恋ははじまりました。だまってあなたに、ついてくだけで、私

はとても幸せだったー。夢のような、恋のはじめー。忘れはしない、恋の街、札幌♪

時計台の下の2人は歌い終わると唇を重ね熱い抱擁。

「カシャッ」

京子が物かげからこの熱い2人に向けてカメラのシャッターを切っていた。

「仕事の件で、札幌の業者とうち合わせがある。遅くなるかもしれないから先に寝ててくれ」と言って出て行った夫の後をつけて来たのだ。夫の不倫現場をおさえ、写真を撮って証拠とし、調停裁判で有利に持っていくためだ。女の勘は当たったのだ。

そんな事とは露知らず、敦子の胸は高なった。『北海の大地にて女のロマンを追え』というメインテーマがかなった。ドリームカムズトゥルーの瞬間に酔った。抱き合ったまま、高須はちんちんを立てていた。

「敦子がかわいい。やわらかい。近くのホテルに」

と敦子の事でいっぱいになっていた。

「あっ、そうだ。メル友に会いに行かなくちゃ。そもそも、俺はメル友に会うために、行きたくもないツアーに参加したんだ。ここで精子を出してる場合じゃない」

高須は中年なので、一度精子を出したら回復するまで時間がかかる。このところ、めっきり弱くなっている。敦子に出すと危険だ。しかし、敦子は、精子を出させるに充分魅力的な女性だ。決断がせまられた。今、抱き合っているのは現実の女性だ。しかし、メル友は来るか来ないかわからない未知の女性だ。リスクが大きい。もしすっぽかしだったら……。しかし、初心忘るべからず。俺の会社の社訓だ。メル友に会うためにツアーに参加したのだ！

高須は未知なる世界を選択した。究極の選択だ。

「敦子さん」

「敦子と呼んで」

「敦子さん、私は妻に疑われてしまうので、いったん、ホテルに戻らなければなりません。でも、あなたの事が忘れられません。明日、朝4時に、テレビ塔の下で待っています。妻が起きる前にもう一度会いたい」

全く高須はずるい奴である。メル友に会えなかった時の保険ではないか。

身も心も濡れていた敦子は気持ちがおさまらなかったが、禁断の恋の意味を知る大人の女である。心とはうらはらに、

「わかりました。あなたの家庭を壊すことはできません。私は影の女でいいの。明日4時、必ず行きます」

明るくて、かわいくて、キンキン声の敦子もいいが、こういう押し殺した声も高須にはたまらなかった。後ろ髪を引かれる思いの2人は、口づけを交わして別れた。

それにしても高須はうそつきだ。ここでも敦子にうそをついた。

ビル群に消えた高須は、さっそく携帯から札幌のメル友にメールを送った。メル友、それは、テレビ番組の『笑ってめるとも』という、お昼の長寿番組の人気から火がついた。この番組はメル友がメル友を紹介して、司会のコモリが
「明日、来てくれるかな？」

と出欠を問うと、

「メル友！」

と答える番組だ。高須は、ワクワクしながら返事を待った。期待どおり、まもなく携帯に返事がきた。

『今から着替えて行くので1時間後にテレビ塔の下で待ってて♡』

ついに高須のこの旅のメインイベントがきた。そのためにこのツアーに参加したのだから。

いかにメル友にターゲットをしぼったとはいえ、生身の女を抱いた直後である。それもとびきりかわいい女性を。高須は敦子の心をしっかりつなぎ止めておきたかった。時計台からテレ

ビ塔へは、歩いて5分位だ。すぐ着いた。メル友が来るまでの時間を利用して敦子にメールを送った。

そのころ、敦子はホテルに戻ったところだった。明朝4時が待ちどおしい。てゆうか、もうすぐ会えるのに、その時間がとても長く感じる。1分が1時間ぐらいに感じた。もう、不倫が悪だなんて、そんな事はどうでもよかった。そして、抱き合っていた時、敦子のために、ちんちんを大きくした高須がいじらしかった。その時は、あっ、きたきた。大きくなってる。久しぶりの感覚ね。

下腹部に当たる異物の感触をここちよく感じていたが、私にだって、ちゃんとした、それ用の穴があるんだから、そこに入れてよという気になった。そんな時メールが送られてきた。高須からだ。

『今、ひとつになるストーリー。せつなくて熱い瞬間。口唇を交わせばもう、メモリー、1秒でもドラマさ』

敦子は時計台の密会の心情をつづったものだと気づくと、自然に涙がこぼれ、メールを返した。これから先のことも含めた心情をつづった。高須は敦子の心の内を知らされ感激した。再びメールを送った。

敦子は、今まで後ろめたくてふみきれなかった不倫だが、高須のやさしさを感じるメールで勇気が湧いてきた。そして、しめくくりとしてメールを送った。

敦子は〝愛〟なんて言葉にまだ酔える自分がうれしかった。

ベッドの目覚ましをセットしたが、起きられないかもしれないので、念のためフロントに、3時30分にモーニングコールを頼んだ。

その頃、京子は証拠写真を撮ったので、安心してはやばやとホテルのベッドで眠っていた。

翌朝、予定どおりモーニングコールがかかって敦子は目を覚ました。夜遅く、部屋に帰ってきていた田中さんと聖美ちゃんも、その音に気づいて目が覚めた。

「どうしたの？」

敦子に尋ねると

♫あなたの肌に爪を立てたい♪

と歌いながら着替えている。ピンときた聖美ちゃんは、

「相手の奥さんに知られたらどうするのよ。やめときなさいよ」

と眠い目をこすりながら忠告したが、敦子の愛は止まらない。聖美ちゃんにしてみれば、高須

は裏表がありそうで嫌いなタイプだが、健さんみたいな殺気を感じるような男じゃないし、旅とは出会いである。自然との出会い、人との出会い……旅の思い出づくりだ。それ以上、止めなかった。

4時前、敦子は予定どおり、テレビ塔に向かってホテルを出た。6月上旬であり、北緯43度の札幌はすでに夜明けだった。ベンチで待っている高須を発見した。なんだか、高須は頭を下げて寝ているように見える。

「やだ、高っちゃん寝不足？」

と声をかけたが返事がない。

これはおかしいと思ってゆり起そうとした。しかし、完全に脱力している。それどころか、血まみれで腹にナイフが突き刺さっている。

死んでいる。最愛な人のあまりに残酷な現実に、敦子はとり乱した。

「いやあぁぁぁ」

死んでいるとはわかっていても、とにかくナイフを引き抜こうとした。ナイフはそう簡単に抜けない。肉がナイフに食いついているのだ。抜こうとして懸命になっているところにパトカーがサイレンを鳴らしながら近づいてきた。

警察官達は、勢いよくパトカーを降りると、殺人現場にかけつけた。敦子は、引き抜いたナイフを握ったままで、うなだれて放心状態だった。

その敦子に警官は、

「敦子さんですね」

敦子は正気に戻った。なぜ名前を知っているのか不思議だったが、

「はい」

と答えると、

「この殺人事件の重要参考人として署まで連行します」

と我が耳を疑うような訳のわからない事を言われた。

敦子は、やっとナイフを握っている事に気づき、

「違う！　私じゃないー」

と叫んだ。

夜明けとはいえ、犬の散歩や、朝帰りの群衆で、すぐに黒山の人だかりとなった。

「なんで、私の名前を知ってるんですか？」

敦子は、何者かにはめられたと思った。

なんで私が。訳のわからないことだらけだ。自分の知らないところで話が作られてしまっている。

第五話

ホテルでは、まず、被害者の妻、京子に連絡が入った。

「証拠写真、無駄になっちゃったわね。それにしても、あの人が勝手に死んでくれたから、逆によかったわ」

離婚も、未亡人になるのも、高須から離れられることでは同じだ。

「それより、裁判もいらないし、慰謝料なんかより、あの人の保険金の方がおいしい。このツアーに来て大正解だわ。申し込んでくれた親に感謝しなきゃ」

とほくそえんだ。

ツアー客には、添乗員によって殺人事件の事が伝えられた。本日は、最終日で自由行動になっているが、道警によって、ホテルの一室にツアー客一同は集められ、拘束されたので、どこへも出られなくなった。

田中さんと聖美ちゃんは、明け方に出て行った敦子が帰って来ないので、事件にまきこまれたかもしれない……と心配になっていた。そのうち、警官から敦子について知らされ、がく然となった。

「重要参考人って容疑者と犯人とどう違うの？」

「そりゃ全然違うでしょ。あっちゃんはたまたま通りがかったのよ」

「そうね。もうすぐ戻って来るでしょ」

ホテルの一室に拘束された一行だが、殺された高須と、妻の京子と、重要参考人の敦子の3人を除けば全員そろっていた。

「えー、あの人が？」

「きんきん声の人よ」

「私、あの2人がニセコのお花畑で楽しそうに歩いていたの見たよ」

「私は小樽で見た」

「それ、不倫でしょ」

「奥さんも来てるのによくそんなあからさまにできるね」

「私、ヒステリックな奥さんもあやしいと思う」

「男と女の三角関係の果ての殺人？」

「そう、愛のもつれね。殺人現場にりんごは落ちてなかったのかしら？」

「そういえば、忘れてたけど、ラフティングでの転落といい、シャンデリアの落下といい、高須さんはずっと狙われてたんだ」

拘束され、自由行動に出られない不満と、事件のうわさで、この一室は騒然としている。なんだか、健さんだけが、影のあるふだんと違い、なぜかニヤニヤしている。

「田中さん、前から言おうと思っていたんだけど、田中さんに悪くて言いそびれてたの。健さんあやしいと思うの」

聖美ちゃんは言った。

「私の健さんに何言うのよ、このアマー」

「私、田中さんのために言ってるの」

楽しかったツアーが、この事件を機に一気に修羅場と化した。

そのうち、道警による事情聴取が行われ、ツアー客は、一人ずつ呼ばれて質問された。アリバイ供述だ。何も知らないツアー客にとって、アリバイもくそもない。えらい迷惑だ。

その頃、敦子は殺人現場での実況見分を終え、警察署で取り調べを受けていた。

「もういいかげんにしてください。私は、たまたま通りかかっただけだって言ってるでしょう」

敦子のきんきん声が署内に響いた。敦子は、殺された高須の携帯電話の着信履歴で足がついたのだ。警察が、メールという形で通報を受けたのだ。その中身は、

「私は敦子に殺される。テレビ塔の下。助けて」

であった。このイタズラメールのような内容だが、とりあえず緊急出動した。すると、男と女がテレビ塔の下でもみ合うような姿を目にしたので、サイレンを鳴らして近づいた。そういう経過である。110番通報されたメールに敦子の名がある事や、ナイフを抜き取っていたのをもみ合って刺しているようにも見られたのは、いかにも敦子には不利である。しかし、

「やってないのは事実なんだし、警察だって、それぐらいの事、すぐわかるでしょう」

と高を括っていた敦子だったが、現実はそんな甘いものではない。警察は、まず犯人を暫定的に決めて、そこから捜査を始めるのだ。という事は、肉声ではないにしても、110番通報を受けて警察がかけつけた時、現場でナイフを握っていた敦子が犯人であると暫定的に決めつけ、そこから証拠物件を集めて自白させるのだ。ナイフで刺している現場をおさえたわけではないので現行犯逮捕はできないし、被害者は仏になって口がきけないので、緊急逮捕という形もとれない。まわりに目撃者がいなかったので、目撃者の証言もないのだが、アリバイのないことが明確な敦子である。不利もくそもなく、警察の犯人つくり上げ工作の圧倒的な権力によって

敦子の無実はつぶされようとしていた。えん罪だ。

法治国家ニッポン。世界に冠たる法治国家、その治安の良さに、並ぶ国は少ない。犯人検挙でも他の国の追随を許さない。ただ、それは、えん罪も含まれての数だ。しかし、数々の名誉と信頼を手にしてきた警察にとって、果たさなければならない使命なのだ。警察は、国民の信頼及び国の威信にかけても犯人の検挙率を落とすわけにはいかない。

とはいえ、えん罪をかけられた側はたまったものではない。しかし、自分一人が罪をかぶれば事件は解決し、警察の信頼は維持される。それならば、えん罪をかけられた者は、国の平和を守るため犠牲になる事はやむを得ないことなのだろう。極端に考えると、不慮の事故で死んだ。不治の病にかかって死んだ人に比べれば、実刑を受けても死刑にまではならない。生きてさえいれば、何かいい事もそのうちあるかもしれない。ラグビーの精神は、ワンフォーオール、オールフォーワン（一人は皆のために、皆は一人のために）だ。この犠牲的精神をえん罪にあてはめてみると違う事に気づく。えん罪者は国のために罪をかぶったが、国はえん罪に実刑という罰を与えるだけだ。そう考えると、いかに自分が国のためにした事（えん罪をこうむる事）でも、だれもその功績を認めないということだ。耐えられない。冗談じゃない。敦子は自分の無実のために、徹底して警察と闘う意志を決めた。

「絶対負けない！　絶対汚名をそそぐ！」

取調室の中で誓った。

取調室では何人もの捜査官が入れ替わり立ち替わり質問し、調書を取る。さっき質問されて答えたことをまた別の人にも同様の事を質問される。なかなか前に進まない。何人もの人に同じ事を答えるのはいいかげん疲れてくるし、いらいらしてくる。狭い密室で朝から晩まで、だんだん気力が衰えてくるが、

「いかん、いかん」

とこの頃は気丈な敦子は負けなかった。

なかなか口を割らない敦子に捜査官達は業を煮やしていた。

「この女は黙秘権を行使しています」

その時、新進気鋭の若い捜査官が入って来た。

「私に任せてくれないか。ガイシャの内ポケットの携帯の着信履歴を見てわかった。この女とはメールのやりとりをしていたんだ」

「そんなことは、とっくにわかっている」

「いいから、私に任せてください」

自信満々の若い捜査官はパソコンを2台用意させた。

「息抜きにチャットでもしないか?」

と気さくに敦子に声をかけた。捜査官が『はじめまして』と打つと、それまでの仏頂面がうそのようににこりと笑った敦子は『こちらこそ』と返した。

『あなたが犯人でしょ』

『はい』

『逮捕します』

『まじ』

『ガチャ』と手錠をかける音。

『やられた(笑)』

腕ききの刑事達はその見事さに、

「おおー」

と驚き拍手を送った。いとも簡単に自白させたからだ。令状を書き、手錠をかけようとした瞬間、敦子は我に帰った。

「違いますｏ 私はのせられたんですｏ ちゃんと調べてください」

と怒鳴ったｏ この時ばかりはノリの良さが裏目に出てしまったｏ

自白から一変、容疑を否認された警察は残念がったｏ

そこに京子が入ってきたｏ 京子はよき妻を演出し、うそ泣きをしながら敦子に詰め寄ったｏ

「刑事さんｏ この女ですぅｏ この女が主人を殺したんですｏ ううう……ｏ 大切な主人が殺されて……私、どうやって生きていけばいいの……ｏ 殺してやるー」

敦子は、京子のさる芝居にあきれ、

「あんた、どのツラ下げて言ってんのよｏ 悪妻、バカ女！」

自分が犯人にされてはたまらないｏ

「あんた、主人が死んで本当はうれしかったんでしょ」

図星をつかれた京子は逆上して敦子につかみかかったｏ 敦子も負けてはいないｏ そのかわいいお手々で京子に平手打ちした

「きん、きん、きん！」

たまらず、まわりの警官が

「奥さん、落ち着いてｏ 奥さんのつらい立場はわかりますが取り調べ中ですｏ 冷静になってください。」

京子にとって、殺した犯人は誰でもよかった。個人的に敦子が嫌いなのだ。引き離された京子は
「このツアーの最中、私、何度も主人とこの女が密会しているところを目撃しました」

「それでは決め手に欠ける」

取り調べは続いた。

チャット捜査法で一度は自白させたものの、すぐに手のひらを返し容疑を否認した敦子だ。とても手ごわい相手となった。


その後、敦子は、別の部屋に連れて行かれた。その名も『高須典雄殺人事件捜査本部』の看板がかけられた部屋だ。この中には、ラフティング転落事件のニコセ署と、シャンデリア落下事件の小樽署からそれぞれの刑事が詰めている。敦子は、どんどん大きくなっている事の重大さを実感したが、それに屈しない精神は健在だ。すると突然、

「お前が殺った事は、わかってるんだ。いいかげんに白状しろ！」

気の短い若い刑事が机を叩いて怒鳴った。そして、机の脇にある白熱電球のスタンドを目に

当てたり、スカートの奥を照らしてのぞいたりと、やりたい放題だ。敦子は、

「どんなにおどされても、辱めを受けても、私は無実なんだ。負けない」

と改めて誓った。

するとと、古株の頭のはげた刑事が、

「おなかがすいただろう。親子丼でも食べながら話をしよう」

とやさしく食事をすすめた。昨夜のサッポロビール園のジンギスカン以来、何も食べていない敦子は、かなり腹が減っていたので食べた。どうもこの刑事はやさしく情に訴えかけて質問してくる。しかし、情もなにも、殺っていないのだから関係ない。

その後、取調室のテーブルにうそ発見器という怪しげな機械が置かれた。手のひらに、その機械本体から接続されたベルトをはめさせられ、刑事の質問に答えさせられる。なんでも、質問に答えた時の手の汗がうそか真かを決定させるらしい。これはチャンスと敦子は、やっとこれで無実が証明されるとこの装置に全面的に期待した。

質問が終わった。その結果はいつまでも知らされないまま、またも取り調べが再開された。

「うそ発見器で、私の無実がわかったのに、いつまで取り調べするのよ」

と言っても何の返答もない。当然である。この機械は、犯人作り上げの手段にすぎないのだ。

結果なんて教える訳がない。形だけのものだ。そんな機械で人間の心などわかる訳がない。

ホテルでは、モーニングコールを受けた従業員が、敦子のアリバイを否定する供述をした。

同室の田中さん&聖美ちゃんは、なんとか敦子を助けたいが、自分達の知らない所で起こった事件なので、

「寝ていてわからなかった」

と言うしかなかった。

旅行代理店にしても、ホテルにしても、ツアー客をいつまでも滞在させてはいられないので、道警としては重要参考人敦子を真犯人に作り上げる工作が整ったとして、ツアー客は全員白として拘束を解いた。部屋の周りにはりめぐらせたロープも除かれ、ツアー一行は安心とともに、最終日をつぶされた怒りで騒然となった。

「あんたらのせいで楽しい旅行が台無しになった」

と田中さんと聖美ちゃんに罵声を浴びせてバスに乗り込もうとしていた。

バスは、全日空の予定の便に合わせるため、出発を急いでいた。田中さんと聖美ちゃんは、敦子にかけられた疑いを晴らすため札幌に残ると決めていたので乗らなかった。添乗員も納得し、バスは出発した。バスが動き始めた時、田中さんと、バスの中の健さんの目と目が合った。

田中さんの哀しそうな目を見ると、いても立ってもいられない。

「止めてくれ！」

健さんは添乗員に言った。バスから降りて、田中さんに向かって歩いて来た健さんは、

「あなたが残るなら僕も残ります」

田中さんは惚れ直した。聖美ちゃんにしてみれば怪しい男だ。田中さんが心配だ。さらに、

「聖美ちゃんの力になったるんや」

と、3CNの3人も降りて来た。3CNには何のかかわり合いもない事件だが、聖美ちゃんの人望、人徳だ。

この時、道警本部に設営された〝高須典雄殺人事件捜査本部〟では、被害届を出した、STU北海道アドベンチャーセンターと、小樽の北海硝子の経営者達も詰めかけ、合同捜査が始められていた。いずれの事件も、狙われたのは殺された高須だ。事件に関係性がある。

翌朝、3CNはさしあたって札幌に滞在する金が必要なので、大通公園でストリートミュージシャンとなり、オリジナルのCDを売るのだ。殺人事件のテレビ塔は、この大通り公園の東端にある。何か手がかりがつかめるかもしれない。

「お疲れさまー」

聖美ちゃんが、大通公園名物のとうきびを持って差し入れに来た。客も少ないので一服する事にした。

「敦子さん、どうなんやろうか？」

「真犯人、まだわからへんねやろうか？」

「警察の捜査方法がまちがってるのよ」

「そや、そや。警察のあほんだらー。お前の母ちゃんでべそー」

「あんた、あほちゃうか？　昔から説得力ないねん。せやから曲が売れへんねん」

「高須さん殺しの犯人は、ツアー客の中にはいないと思うの。テレビ塔の周辺で、地元の人間と何かのトラブルがあって殺されたと思うのよ」

「この辺で遊んでる奴らなら、何か知っとるかもしれへんな。夜になったら探り入れてみたろ」

「あんたって、意外と頼りになるねんな」

「警察に通報した人だって怪しい。現場にいなかったのはおかしい」

「仕事で忙しかったんやろ」

この4人は、こうしてブレストし、名案を探したが、結局、何の進展もなく一日が過ぎていった。

第六話

この日、さらに敦子に根も葉もない証拠がでっち上げられた。北海硝子の、落下したシャンデリアを固定するための金具から、敦子の指紋が発見されたというのだ。この指紋鑑定結果により、警察は確信し、敦子を真犯人として決め打ちした。

取り調べはこの日も朝8時に始まり延々と続く。敦子は〝正義は勝つ〟と信じ、絶対に国家権力に屈してなるかと徹底抗戦のかまえだ。それにしても、昨日のうそ発見器といい、指紋といい、警察はうそばっかりだ。警察に対しての不信感と怒りで、はらわたが煮えくり返った。確かに指紋の鑑識は、絶対の信頼性があるといわれている。12点交会法という、任意の12点を照合させるのだが、結局、うそ発見器と同じで犯人作り上げの手段なのだ。だから、指紋の照合結果など敦子に教える訳がない。

「なんで、さわってもいない物に私の指紋がつくの？」

もう、信じられない事ばかりだ。

殺していないし何も知らない。だから、どんな質問されても、それしか答えようがない。どう考えてもあたりまえの事だが、実は、あたりまえと考えるのは本人だけなのだ。現場の目撃者がいないから証明できない。110番されたメールには、〝敦子〟の名前が現実にある。不利な事だらけだ。そして、このような状況におかれた経験のある人にはわかるだろうが、人間、長く生きていれば、警察に知られたくないような、うしろめたい事が、大、小にかかわらず一つぐらい持っていたりする。そういう時に限って。敦子は、普段良識人で、人に迷惑をかける事を嫌う、人の心の痛みを知る女性だ。しかし、このツアーで、不倫というようしろめたい秘密を作っただけに、そして、高須の名誉を守りたいという思いやりが逆にあだになったのだ。

だから、実況見分の時、

「たまたまテレビ塔の方に散歩してたら、高須さんがナイフで刺されて死んでるのを発見した」

と説明してしまった事が取り調べ中、捜査官の質問でつじつまが合わなくなったり、不自然であったりと、さらに疑いが深まっていったのだ。

「もう、かばいだて不要。全部、100%、本当の事を話そう。そうすれば、私の無実が証明される。早くこの部屋から出たい。みんなと会いたい。川崎に帰りたい……」

そして、捜査官に不倫についても語った。

「たまたまではなく、4時にテレビ塔の下で高須さんと待ち合わせしたんです。でも、110番通報のメールは高須さんからじゃない。高須さんを殺した殺人者が、高須さんの携帯の着信履歴を見て、私に罪をかぶせるためにでっち上げたんです」

その言葉は逆効果だった。警察は、

「また、うそをついた。ころころころころ話が変わるということは、何かを隠しているからだ。うそ発見器でも指紋でもメールでも握っていたナイフでも、これだけの証拠があがってるんだ。前日の余罪も含めて。おまえがやったんだ。我々は知ってるんだ」

一度、決めつけたら、もう後に戻る事はしない。さらに取り調べがきつくなった。4人も5人も入れ替わり立ち替わり捜査官が来て、同じような質問ばかりくり返す。目の前で、調書をとる時の刑事が万年筆を、何回も何回も振るのでいらいらする。

「そんなに出が悪いんならボールペンにしろ」

と言いたいくらい頻繁にくり返す。これも心理作戦だろうか。こんな捜査官の行動の一つ一つが、さらに敦子の精神を食い破っていくのだ。イラ立つ、同じ質問、何人も入れ替わって同じ質問。全然前に進まない。それどころか、殺人者として形が作られてきた。

ふと考えてみると、誰も見ていないのだ。親・子・兄弟・親友といえど、

「絶対やっていない」

と言うだろうが、現場は知らないのだ。

ひょっとしてというのは、心の奥底のどこかにあるかもしれない。信じられるのは自分だけだ。自分だけが不当に苦しんでいるのだ。孤独だ。そう考えると、夜、拘置所の密室に閉じ込められ頭がおかしくなりそうだ。眠れない。耳鳴りが止まらない。止まらないどころかうるさい。どこからか声が聞こえる。少しうとうとしたかと思うと恐い夢を見てとび起きる。密室は恐怖の部屋と化した。初めの強気な意気込みが急速に衰えてきた。

「ここから出してくれー」

敦子の心が悲鳴をあげていた。それでも、負けないように
♫時計台の下で逢ってー。私の恋はー、始まりましたー。黙ってあなたにー。連いてくださいでー私はとても幸せだったー。夢のようなー恋の始めー。忘れはしないー恋の町サッポロ♪

「高っちゃん、どうして死んじゃったのー。あなたの無念を晴らしたい」

と自らを勇気づけた。

ところで、田中さんを想って札幌に残った健さんの事だが、実は、高須に恨みを持っていた

のだ。健さんは、田中さんの彼氏としてたびたび話に登場したが、いまいちわからないキャラクターだった。ただ、聖美ちゃんは怪しいと見抜いていた。そうです。ラフティング転落事件、北海硝子のシャンデリア落下事件、この2つは健さんが関与していたのだ。てゆうか、健さんの単独犯行だったのだ。しかし、この2作戦は、共に失敗に終わった。

「もう、失敗は許されない」

そう心に決めた健さんは、ツアー最終日の自由行動の時、高須に、

「一人で来てるので、一緒に連れてってください」

と近づき、殺害する計画を立てていたのだ。もうこそくな手を使わず、なぐり殺すつもりだったのだ。それが何者かによって殺されてしまったので、

「いい気味だ」

と思う反面、自らの手で殺せなかった事が残念でいた。

では、なぜ高須に恨みを持っていたのだろう。それは話せば長くなる。高須は健さんを知らなかったようだ。いや、知っているのだが、実際、顔を合わせた事がなかった。健さんは高須の顔は知っていた。そして、高須に人生を台無しにされた過去があったのだ。

高須は建築設計事務所を経営していた。業績を伸ばしたい、大手ゼネコンの設計の仕事をし

たいと常に思っていた。そこにたまたま阪神淡路大震災が起こった。すぐに、各業者は復興にとりかかり、公共工事をはじめ、ビルや民家にいたるまで、多くの業者が耐震補強工事を始めた。高須は一級建築士として役所から耐震診断の資格をもらい、ある耐震補強装置を意匠登録したばかりのメーカーと組み、自分の会社の設計した建物に使用した。その後、高須の設計した建物が破損する事故が起きた。販売後の事で施主は裁判沙汰にし、この建物の設計者の責任が追及された。原因を追究していくうち、設計ミスが暴露されたからだ。明らかに設計ミスだ。裁判が進展しないうちに、誰かに責任転嫁したいと考えた高須はゼネコンと組み、この建築物の元請会社と現場監督に全責任を押しつけた。この時の現場監督が健さんだった。設計会社は、構築中、設計書に記入されてある材料を図面どおりに使用されているかを何回か点検する必要があるのだが、ほとんど社員任せで、高須は一度足を運んだだけだ。普段は、接待だのネゴシエーションだの、そんな事ばかりに多額の金と時間をかけていた。さらに、高須は、ニセの納品書を作り、使ってもいない建築材料を架空に私用でとり寄せた設定で、現場監督である健さんに業務上横領という背任行為に見せつけ、健さんを退職に追いやった。健さんは刑事責任を問われ、懲役刑となった。服役中、健さんが我が身を挺して守ったはずの建築会社は、業界内はおろか社会的にも信用を失い、銀行の融資が受けられなくなり倒産した。社長は心労で倒れ、寝たきりとなった。健さんは出所してこの事実を知らされ、がく然とした。

健さんは、若い頃〝広島騎兵〟という暴走族の特攻隊長だった。その度量が、広島最大のやくざ組織である反山中組勢力の剛政会の幹部に見込まれ、剛政会傘下の伊山組の組員になっていた。その頃は、粗暴な行動が目にあまり、組長、伊山京三の紹介で、札幌すすきのに根を張る伝景田組に旅で出された。ちょうど、その昭和55年6月、山中組が北海道侵攻作戦を開始し、大挙、千歳空港に降り立った。この山中組の動きを事前に察知した道警は、北海道の主だった暴力団が大同団結した反山中組勢力と組み、山中組をエンゼルリゾートホテルに釘づけにして、結局撤退させるという事件があったが、それは、主力の話で、末端組織になると、各地で局地戦が展開された。小樽市の歓楽街中津で起きた、山中組系の下部組織の組長襲撃事件の鉄砲玉は、実は、健さんなのだ。その後、自首した健さんは、網走刑務所で刑期を終え、堅気となってこの倒産した元請会社の社長の世話で、建築現場の型枠大工として働いた。めきめき仕事の腕を上げ、職人から一転、晴れて、たたき上げの現場監督となった。そして、その最初の仕事がこの現場だった。

不正は絶対に許せない健さんは高須の卑劣な手段を許せない。自分のミスを業者になすりつけ、のうのうと生きている。自分は、会社を守るため自分の判断で捨て石となった。しかし、自分が守ったつもりの会社が倒産し、寝たきりで口もきけない社長の事を考えると恨みは増大する。そして、高須の身辺を探り、今回のツアーに参加するという情報を収集した時は、健さんは、ついに憤怒の河を渡ったのだ。

「人間のカス、あの野郎、たたき斬ってやる」

そして、幸か不幸か、このツアー中、他人の手によって高須は殺された。

「俺の手で奴を殺したかった」

無念であった。〝親孝行したい時に親はいない〟のことわざのように

「殺したい時に奴はいない」

とつぶやいた。それにしても、札幌に残ったのは、ひとえに田中さんを想う気持ちからだったが、その大切な女、田中さんの親友が容疑をかけられている。

このツアーで初めて会ったので、敦子がどういう女か知らないが、自分の惚れた女の親友だ。自分の惚れた女が、

「敦っちゃんはやっていない」

と言うのだからまちがいないと思った。なんとか田中さんのため、この美女3人組の力になり

たいと思うようになった。そんな時、警察から〝小樽シャンデリア落下事件〟のシャンデリアの止め金具に付着していた指紋が敦子の指紋と一致したという情報が伝えられた。

「ばかな……」

健さんは決断した。

「俺のせいで、敦子さんが犯人にされようとしている。警察の取り調べは地獄だ。それに耐えられなくなってウソの自白をしてしまう前に出頭しなくては」

セクシーな田中さんに未練が大ありなのだが、それよりも、美女3人組の堅い友情に応える方が優先だ。

「自分だけ助かろうなんて……。それじゃあ高須のカスと同じじゃないか」

目がさめた思いの健さんは、田中さんに事実を話した。

田中さんは、自分の大切な男が犯罪者だと知り錯乱した。

「いやー。それが本当でも警察に行っちゃだめー。私を置いていかないでー。一人にしないでー」

と健さんの厚い胸元に飛び込んで泣いた。健さんは、

「もう、これ以上、いい人になっちゃいけないんだ。俺は、高須を殺害するため、わざといい

人をよそおい、あんたに近づいただけなんだ」

と突き放すように言った。恋を取るか、友情を取るか。まさに、超一級の究極の選択が、健さんの胸の中にいる田中さんにせまられていた。しかし、田中さんには健さんの真意が読めたのだ。健さんには2度と会えないかもしれないけど、健さんの気持ちを大切にしようと思い、

「あっちゃんを助けてください。さようなら」

と最後に告げた。健さんは涙がこみ上げていた。できればこのひとときを、ずっとこれからも続けたかった。残念でならない。涙を悟られないように、すばやく田中さんの腕を振り払い、背を向けて立ち去った。健さんは、小声で
♫義理と人情を、はかりにかけりゃ、義理が重たい男の世界ー♪

と歌った。その歌声は小さすぎて田中さんには伝わらなかったが、

「健さんの背中が震えてる……」

健さんの小刻みに震える男の背中を見て、

「健さんもつらいんだ」

と理解できたのは唯一の救いだ。

その後、健さんは、敦子の勾留されている道警本部に行き、犯行を自供した。即ちに健さんは逮捕され、手錠をかけられた。

第七話

その夜遅く、宿泊先に戻って来た聖美ちゃんと3CNは、田中さんから健さんの話を聞き、動揺したとともに、敦子にかけられた容疑が晴れると喜んだ。しかし、殺人未遂容疑の件だけで、殺人事件が解決した訳ではない。手離しで喜べない。

「健さんが……。私、田中さんに悪くて言わなかったけど、前から怪しい人だと思ってたの」

「健さんが殺したんちゃうんかい。やったのは全部、健さんやで」

「ひどいおっさんやで。おかげで敦子さん、大変な目に遭ってんねんで」

と一同健さんを非難したが、田中さんがさらに話していくうち聖美ちゃんは、

「殺したのは健さんじゃない。真犯人は別にいるはず」

と諭し3CNは、

「聖美ちゃん、人がよすぎるわー」

と言いながらも、聖美ちゃんに協力して真犯人捜しを続けることになった。

その後、聖美ちゃんと3CNは、自力で真犯人を捜していた。

「なんや、ひとつも進展しいひんなー」

「せやなー。やっぱり、素人には無理なんやな」

「ごめんね。迷惑かけて」

「何言うてんねんな。聖美ちゃんのためやんけ。頑張ろうや」

「わし、ちょっと小便」

「あいつ、また小便行きよったで」

「トイレフェチやないの」

「聖美ちゃん見ててむらむらしてきたんやろ。あいつ絶対、せんずりこいとんで」

「何、考えとんねん。この緊急時に」

「あいつは、そういう奴やねや」

3CNの一員、リードギター担当のヒロシは、大通公園の公衆便所に入った。

大便所に入ろうとした瞬間、後ろから何者かに肩をポンポンと叩かれた。振り向くと、いかにも悪そうな茶髪の少年が、栄養ドリンクの瓶を数本持って立っていた。ヒロシはロッカーらしく、茶髪のパンクで派手な格好をしているので後をつけてきたようだ。

「お兄さん、一本どうですか？」

トルエンの売人だ。なんだ？　札幌じゃ、いま時、こんなところで商売しているのだろうか。

そんなもんいらんわと思ったが、こいつはこの辺で遊んでいるチーマーで何かの手がかりにな
るかもしれないので1本買うて知り合いになったろかとひらめき、

「3本くれ」

と答えた。少年Aはぶっきらぼうに、

「1500円」

と言って金を受け取った。ヒロシはこの少年Aに問いかけた。

「こないだ、テレビ塔の下で殺人事件があったんやが、何か知っとらへんか？」

少年Aは、一瞬驚いたように見えたが、

「知らねえよ」

と言って逃げるように出て行った。ヒロシは後を追った。こいつ、何か知っとるなと直感した。

少年Aはビル群の谷間の路地に消えた。ヒロシは、その暗い路地をのぞいた。そこには、異
様な光景があった。この路地のマンホールを少年数人が囲んでいた。そのうちの一人が、バー
ルのような物でマンホールの鉄蓋を開けた。暗くて、遠くてよくわからないけどこれ以上近づ

くと危険だと思い、ヒロシは遠まきに見ていた。何人かがマンホール内に降りて行きまた上がって来た。その時、

「おい、誰かいるぞー」

「追いかけろ、逃がすな」

ヒロシは逃げた。運動会では負けた事のない快足をとばし、とにかく明るい方へ。

札幌のチーマー。最近増殖しており、北海道では〝暴走族壊滅キャンペーン〟を展開し、その目玉として道警・マスコミ各社は〝今後、いっさい、暴走族と呼ばない〟と全道民に呼びかけたのだ。暴走族のネーミングを廃し、そのかわりの名称として〝珍走団〟と呼ぶことにしたのだ。TVニュース等、報道番組では、

「昨夜、札幌市の大通を、珍走団が珍走しました」

と報道した。それまで暴走族だと思っていた少年達は、

「珍走？　かっこ悪いな。もうやめた」

と次々にバイクを降りた。〝暴走族〟というネーミングにカッコ良い、不良の響きがあったからだ。確かにこの画期的なキャンペーンは、どこの都府県の暴走族対策よりも効果が上がり、日頃、爆音に悩まされていた道民にとって安穏の日々が戻ったのだが、〝不良行為〟というも

のは永遠に不滅なのだ。必ず別の形に変えて存続し続ける。バイクを降りた少年達は、次々にチーマーに姿を変えていった。それがチーマーの増殖につながったのだ。考えてみると、暴走族というのは、暴走行為をする沿線の住民や、族と同じ道路を運転していたドライバーや歩行者には、とても迷惑なのだが、チーマーはそれとは違う。どこに出没するかわからない。だから、かえってたちが悪い。ナイフを常備し、その悪だくみは巧妙だ。しかも、最終的には暴走族と同じく、遊ばせてもらうためには、後ろに暴力団がいる。チーマーの方が、暴走族よりも、不特定多数に有害なのだ。

ヒロシは皆の待つもとへ逃げ帰った。トルエンの瓶を持って息を切らして。

「ヒロシ。おまえ、年なんぼや。まだそんなもんやってんのかいな」

「ちゃうねん。大事なことがわかってん」

ヒロシは、何かの手がかりをつかんでいる。

「それは怪しい。朝になったら、そのマンホール開けて入ってみようや」

「せやせや」

「バール買うとかな」

「カラーコーンもいるんとちゃうの」

「どっか、その辺の工事現場から持って来ようよ」

「私、ガードマンやる」

やると決まれば、とことんやる4人だ。

ビジネスマンが、この路地にもあふれてきた。

「この時間やったら、チーマーもおらんやろ」

問題のマンホールを開けた。深い。中は何の変哲もないような下水道だったが、

「こんなとこに一斗缶があんぞー」

「どれどれ」

すると、取付管からキラッと光る物が見えた。

「何やこれ」

手をつっ込んでみると、

「ナイフやんけ」

「ここが、あのチーマー達の隠れ場なのよ」

チーマーの隠れ場がわかったが、それと高須殺人事件をどう結びつければいいものか。聖美ちゃん＋3CNは考えた。

その夜、4人は、問題のマンホールを中心に、全方向から見張った。そのうち、路地の出口と入口にチーマーが1人ずつ張りついたので、4人は今夜はここで何かがあると予感し、場所を変えた。このビル群に建ち並ぶ無人のオフィスビルの非常階段に3人が陣取り、テレビ塔下で、3CNのヴォーカル担当のミウが連絡役となった。全員、携帯電話を持っている。着信音も、バイブに切り替えた。便利な世の中だ。しかし、この携帯の110番通報メールが敦子の悲劇につながったのは事実だ。

チーマーが配置についたように、聖美達も配置完了した。

しばらくすると、ある中年男が若い娘とチーマーに囲まれて、この路地に入って来た。この路地はこのチーマーのなわばりだ。暗くて遠くてよくわからないが、何かもめているようだ。若い娘は、やたら露出が多い。

「おまえ、こんな非常時に、ちんちん立てなや」

「あほか、おまえ」

「しー。静かにしいや。見つかったらどうすんねん。これが終わったら、こすってあげるさかい我慢しいや」

「ほんまか？」

「あっ。しっ」

見ると、リーダー格のような少年が、中年男に向かってナイフを突きつけた。露出過多の若い娘が、

「許してー。この人を許してあげてー。ごめんなさいー」

とうそ泣きをしている。

「芝居だ。あのおっさん、チーマーにはめられたねや。おやじ狩り」

「俺もそう思うわ」

おやじ狩りの現場を目撃した3人は、それぞれ高須殺人事件とのつながりを色濃くさせていた。その後、恐かつされた中年男は、財布を取り出し、リーダーらしき少年に金を渡した後、とぼとぼ頭を下げながら、この路地から出て行った。チーマーは、今夜も、マンホールに出入りした後、大笑いしながら全員、この路地から消えた。

「高須さんは、こいつらのようなチーマーに刺されて殺されたんじゃないかな」

3人は、聖美ちゃんの推理に同調した。

実は、聖美ちゃんの推理が当たっていたのだ。話は、殺人事件当日に戻る。

時計台の下で敦子と別れた後の高須のスケジュールは、けっこう忙しいものだった。敦子恋しさのあまり、メールで愛の言葉を交換し、今回の旅の目的であるメル友と夜中1時に待ち合わせした。待ち合わせ場所はメル友が指定してきたテレビ塔の下だ。テレクラの鉄則として、男の側がイニシアチブをとるべきなのだがそうではなく、高須はメル友に場所を指定してもらった。そういう時は、何か悪だくみがあるのではないかと疑ってかかった方がよいのだが、旅行者であり安易にメル友に任せてしまったのだ。高須は、これまでのメル友とのメールのやりとりで、20才のＯＬと言っているが、言葉の幼稚さから女子高生だと思っていた。ロリコンの高須は、これから現役の女子高生とやれると思うと、ちんちんがたまらんちんちんぽになっていた。その先からは、透明のおつゆを出していた。先走り液とか、我慢汁と言われている液体を出しながら、つくづく幸せな気分に浸っていた。

そして、約束どおりメル友が来た。メールにあったようなダイナマイトボディーだ。とんでもなくわがままなボディーだ。

「高須さんですか？　理沙でーす」

高須の歓喜は頂点に達した。

「よく来たね。会いたかったよ」

高須は理沙の深い胸の谷間から、ヘソ出しルックの柔らかそうなおなかをなめるように見回した。生つばをごくんと飲んだ後、

「じゃ行こうか?」

「どこに連れてってくれるの?」

「決まってるじゃないか」

と手を握って歩き出した時である。少年が高須達に向かって歩いて来た。そして声をかけてきた。

「おい、理沙、おまえ何やってんだ」

少年に声をかけられた理沙はあわてたふうに、

「あっ、ごめんなさい」

高須は直感した。どうもメル友の彼氏のようだ。せっかく札幌まで来て、しかも、こんなわがままボディーを目のあたりにして何てこったとこの展開にがっかりした。ダイコン役者のさる芝居であり誰でも見抜ける芝居なのだが、高須は、敦子との詩的なメールのやり取りで、すっかり心が清らかになっていたので、いつものずるい高須ではなかったのだ。だから、理沙の芝居が見抜けなかった。それどころか、理沙をこのワルガキから救いたい衝動にかられたの

だ。しかし、それは思うだけで何もできない。目の前の少年達が恐い。

やっぱり逃げようとまた逃げ出した。すると、路地の角から見張り役の少年C・Dが出て来た。高須は観念し、少年達のいいなりになった。

少年Aはこのチーマーのリーダーのようで高須に、

「俺の女を奪ったんだべ。解決するには、大人の方法と子供の方法があるべや。したっけどっちの方法で解決するべか？」

高須は、この幼稚な言動にあきれ何も言わないと少年Bが、

「さっきも言ったべ。兄ィは短気なんだから。どっちなんだ、答えろ！」

高須は恐くて頭が回転しなくなっていた。事態はそんななまやさしいものではなかった。少年の怒りは高須に向かった。

「なまらはんかくさいんでないかい、この。俺の女に手を出しやがったな。このスケベおやじ！」

理沙は、ただおろおろしているようだ。高須は、この場を早く立ち去りたかったので、

「いや、俺は別に」

と言って逃げ出した。その振り返った瞬間、もう一人の少年が両手を広げて立ちふさがった。

2人の少年に囲まれ、すぐに逃げられない事を悟った高須は最終的には金だろう、しばらく、奴らの気をそこねないように、言われたとおりにしていようと考えた。

少年Aは、

「話があるから連れて来い」

と言い、ビル群の谷間の暗い路地に誘導した。その路地の中ほどで止まり少年Bが、

「おやじ！　このおとしまえどうつけてくれるんだ。兄ィは気が短けえんだ」

とすごんだ。理沙は泣きながら、

「ごめんなさい。最近、あまり会ってくれなくて寂しかったの」

と、少年Aにすがりついている。しかし泣きながら、

「私が悪かった。ごめんなさい」

としか言えない。

「あやまってすむ問題じゃねえべや！　おっさん、淫行しようとしたんだべ。警察行くぞ」

「それだけは、かんべんしてくれ」

すると、少年Aはナイフを突き出し、高須の顔に当てた。

「したっけ子供の方法で解決するしかないべや」

高須の背筋が凍った。理沙は相変わらず芝居を続けている。

「この人を許してあげて。私が悪かったって言ってるでしょや」

すると、自己保身で人生を渡ってきた高須からは想像できない言葉が出た。理沙がかわいそうになったのだ。

「この娘がかわいそうじゃないか。話せばわかる」

このおやじから、そういう発言が出るとは予想しない少年Aは逆上した。

「なまら、むかつくべや」

ナイフを振り回した。MG5だ。このいつもと違う兄ィに殺気を感じた少年Bは、マジ顔で言った。

「兄ィ、やめてくれ！　やばいべや」

芝居ではない。しかし、理沙は相変わらず芝居を続けている。そして、清らか症候群にかかった高須は、

「刺せるもんなら刺してみろ！　おまえらみたいな社会のダニにやる金なんかあるか」

と断言した。実は少年Aは今まで何百回も恐喝で使ったナイフだが、本当に刺した事はない。

しかし、高須の言葉に、ついに切れた。高須をメッタ刺しにした。最初に一度刺すと、よけい

腹が立って何度も何度もくり返した。少年Bは止めたが、口だけで、体を振り払おうとしない。見張り役がかけつけてやっとのことでおさまった。高須は死の直前、薄れる意識の中ではじめて理沙のさる芝居に気づいたのだ。自分が刺されているのに相変わらずの口調だったからだ。

「しまった。許してくれ。金ならいくらでもやる」

と少年Aにすがりついたが、もう弱っていて声にならない。それどころか、少年Aは高須が捨て身で自分にかかってきたと思い、メッタ刺しにしたのだ。

おびただしい流血だ。

「死んでる」

少年Bが告げた。その言葉で一瞬にして正気に戻った少年Aは
「わーー」

と頭を抱え悲鳴に似た絶叫を上げて走り去った。

こうなると、悪知恵の働くのが少年Bだ。殺人現場と殺人者の証拠の隠蔽工作を始めた。高須の内ポケットから携帯を取り出し、着信履歴を探し始めた。すぐに、使えるネタを発見した。

〝テレビ塔の下、4時、敦子……〟

「なるほど……よし！　この単語を並び換えて、110番にメール通報しよう」

これが、この殺人事件の当時の概要だ。

そして、チーマーは、高須の流した血を洗い流し、みんなで人気のない事を確認した上で、大通を渡り、テレビ塔の下のベンチに運んだ。敦子と4時に待ち合わせしているので、敦子を殺人者に仕立てるため、ナイフを突き刺しておいた。

しばらくして、敦子と思われる女性が来たのを確認すると、路地から、メールで110番通報した。何も知らない敦子が高須の死体に気付いたのは、その直後だった。道警はメール通報なんて子供のイタズラだと思っていたが、たまたまパトロール中のパトカーが近くを走っていた。2人がもみ合っているように見えたのでサイレンを鳴らして急行したという次第だった。

大人顔負けの知能犯だ。高須は、このチーマーによって殺され、敦子はこのチーマーによって殺人者にしたて上げられたのだ。

第八話

翌朝、いつもの大通公園で、聖美ちゃん＋3CNの4人は、〝敦子奪回作戦〟について議論していた。

「きのうのおっさん、かわいそうやったな」

「何言っててんのよ。女を金で買うんなら、風俗へ行けばいいのよ。素人を金で買おうなんて考えが甘いのよ」

「うちも、そう思うわ。鼻の下伸ばしてのこのこ現われて、チーマーにいいようにやられて、自業自得やわ」

「そらそうやが、あのおっさん、財布のあり金全部、奪いとられたで、あんな小僧に。なんやかわいそうな気もすんで」

「財布だけですんだんだから、まだましじゃないの」

「せやなー」

「もし、聖美ちゃんの推理どおりやったら、高須さんも、おやじ狩りに殺られたんやろうな。

それにしても高須も高須やな。敦子さんだましよったんやさかいな」

「死人に口なし。死人を責めてもしかたない。それより、高須さんの携帯のメールの着信履歴見せて欲しいね」

「警察が遺留品やゆうて持って行きよったさかい無理やろ」

「そこに絶対、手がかりがあるんだけど」

議論は続いた。そのうち、大通公園に人通りが増えてきた。

「さあ、商売、商売！」

いくらかでも、日銭を稼がなければならない。〝敦子奪回作戦〟は深夜開始される。それまでの間、聖美ちゃんは長期化をにらんでロイヤルホストでバイトしている。今日も出発した。

3CNは、ストリートライヴが一段落ついたので休憩する事にした。ヒロシは、大通公園のトイレに行った。そのトイレの中に入った瞬間、〝ガーン〟と金属バットで何者かに後頭部を殴られた。脳しんとうを起こしたヒロシは、その場に倒れた。遠ざかる意識の中で、

「俺達をかぎまわるのをやめねえと、次は、こんなもんじゃすまねえぞ」

と悪ガキの声が聞こえた。

ヒロシの戻りが遅いので捜しに来た、ベース担当のヨシ坊によって、ヒロシは近くの病院に

運ばれた。ヒロシは、とてつもなく石頭なので単なる打撲と診断された。ヒロシは俺の顔が知られているからだと思った。

犯人はきのうのチーマーだと気づいていた。

さらに、公園に戻ると、3CNの楽器が壊されていた。とうとう、自分達が狙われていることを知った3CNは、バンド活動を中止せざるを得なくなった。

ぼう然としている3CNの元へ、バイトを終えた聖美ちゃんが、さし入れを持ってやって来た。元気のない3CNを見て訳を聞いた聖美ちゃんは、3人にあやまった。

「ごめんね。みんなの好意に甘えて……。こんな事になってしまって……。もう、ここまで嗅ぎ付けたんだから、あとは一人でやるから平気。今まで本当にありがとう。これ、少ないけど、お礼です。旅費の足しにしてね」

これ以上、首を突っこんだら危険だし、3CNにも生活がある。壊れたといっても、まだ充分使える楽器を持って、3人は聖美ちゃんに別れを告げた。

実は、聖美ちゃんは、その時、ある確固たる証拠をつかんでいたのだ。その日の昼間、例のマンホールの周りをよく見まわすと、昨日は雨で路面が濡れていて気がつかなかったが、路面の乾いた今日、ある重大な発見をした。古いアスファルト舗装道路というのは、経年劣化により砂利が流れ出しその道路の品質特性上、路面に凹凸ができることがある。その路面を見ると、血の跡と断定はできないが、しみがついている。凹部のしみは、簡単には取れないのだ。おそらく、犯行後、水で流して洗ったようだが、凹部にはっきり残っている。さらに、あたりを見渡すと、路側のL型のエプロンに、雨水桝に向かって流れた筋のような跡がかすかに確認できる。この有力な情報をみやげに、3CNの元にとんで帰ったのだが、もう、これから後は一人でやるしかない。今夜も例の疑惑の路地で張り込んだ。

その頃、3CNは、新千歳空港行きのバスを待っていた。

「ああは言ったものの、聖美ちゃん一人じゃ心配やな」

「自分、聖美ちゃんの事、好きやしな。そない心配やったら、なんとかしたりいな」

「俺、顔知られとるさかい、めったな事でけへんねん」

「何言うてんねん、この根性なし。金玉ほかしたろか」

「かんにんや」

「俺やったら大丈夫や。ええ考えがあるのや。おそらく、あのチーマーは、今晩もおやじ狩りをやるやろ。そこで俺は、テレクラへ行ってな……こうこうこうこうや」

チーマーに顔の知られていないヨシ坊が言った。

「そら危険やで」

「聖美ちゃんの笑顔が見とうないんか？」

「♫君が笑ってくれるなら、僕は悪にでもなるー♪や」

「よっしゃー！」

3CNにバンド発足当時の団結が戻った。

ヨシ坊とヒロシは、ススキノのテレクラ〝りんりんハウス〟に入店した。2人別々の部屋に入ったが、目的は1つ。〝テレビ塔〟と待ち合わせ場所を指定してくる女とアポを取る事だ！どっちが取ってもアポは必ずヨシ坊が行く。ターゲットの娘と間違えないように、待ち合わせ場所は必ず女に言わせる。そして、女の特徴をあらかじめ聞き出しておくことが大事だ。巨乳・巨尻・ヘソ出し。そこまで電話で話してもらえるかは、この2人のトーク次第だ。

「もしもし、はじめまして。……中島公園？　あっ、どうも」

「こいつもちゃうわ。それにしても雲をつかむような話になってきたな。テレクラもまだいっぱい店があるしな。ヨシ坊のアイデアは、よくずれとるからな。ま、しゃあない」

電話は1時間に4～5本かかってくるのだが、ターゲットの娘ではない。2人ともしびれを切らした。

その時、電話がかかってきた。ヒロシの部屋だ。ヒロシは、なかばあきらめながら電話の受話器をとった。

「もしもし、はじめまして……大阪から遊びに来とんねん。どっか、おもろいとこ連れたってや。……で、彼女、どんな体しとんねん？ ……えっ、おっぱいでかいの？ ……105センチー。巨乳大好きやねん。どこで待ち合わせる？ 札幌よう知らんさかい、そっちで指定してんか？ えっ、テレビ塔！ 地図持っとるさかいな、大丈夫や。ほな1時な」

ヒロシは素早く部屋をとび出し、ヨシ坊の部屋をノックした。

「俺や」

「なんやヒロシか。もうあきらめたんか？」

「ちゃうわい。アポ取ったでー。まちがいなくあの女やで」

「よっしゃー。やるでー。皆、配置につけー。おそらく、聖美ちゃんはきのうの非常階段に隠れとるやろ。ヒロシ、おまえ聖美ちゃんを守れ。俺は、おとり捜査員じゃ」

「やるでー。また、聖美ちゃんに会えるんや」

そう思うと、ヒロシに勇気がわいてきた。

店を出ると、ヨシ坊は、ヴォーカル担当のミウに、

「俺がチーマーに囲まれて路地に入ったら、すぐに110番してな」

と言って、待機場所を告げた。チーマーは、すでに、この路地で待機している。

聖美ちゃんは、このビル群が暗くなった22時頃から、きのうの非常階段に張りついていたので、例の露出過多の娘が、この路地から電話をかけていたのを確認していた。

「今日も、ここでおやじ狩りが行われるんだ。今日こそ奴らのしっぽをつかむ」

と心に決めていた。すると肩をポンと叩かれた。

「しまった、見つかった、まずい」

と思って振り向くと、なんと帰阪したはずのヒロシがそこにいた。

「あれー、ヒロシ君、帰ったんじゃなかったの？」

「そのつもりやったんやが、聖美ちゃん一人にでけへん」

「ありがとう。ついさっき、そこで例の娘が電話して出て行ったから、もうすぐ、おやじ連れて来ると思うの」

「それが、今日は、おやじやないねん。なんと、ヨシ坊や」

「えー、おとり捜査？　それは危険よ」

「奴らに近づくには、一番ええ手なんや」
と話していると、ヨシ坊がチーマーに囲まれて、この路地に入って来た。今日も娘は、同じさる芝居をしている。ヨシ坊は、おどされているが、最初から金をやるつもりはない。財布も免許証などの入ったカードケースもあえて持って来なかった。すでに、ミウは110番通報したはずだ。

そこまで段取りどおりだったが、ミウの場所が現場に近すぎたため、事前に見張り役のチーマーに捕まり、携帯を踏みつけられ壊されていたのだ。そして、仲間のいる現場に連れて来られ万事休すとなった。

金を持っていないヨシ坊とミウが危険だ。ヒロシは、すかさず携帯で110番した。しかし、その声があまりにも大きいため、チーマーにばれてしまった。

「おい、まだ誰かいるぞ。あそこだ、捕まえろ」

見張り役は携帯で別の仲間を呼びながらヒロシを追った。ヒロシがいなくなったので聖美ちゃんが110番通報を続けたが、リーダー格の少年Aはナイフを取りだし、有無を言わせずヨシ坊を刺した。すでに先日、高須をメッタ刺しにしていた少年Aは、何の抵抗もなくなっていた。警察の到着まで待っていられない。一秒を争う。

そう考えた瞬間、聖美ちゃんはビルの非常階段から少年Aを目指して飛び降りた。3階からなのでかなりの衝撃だ。

「痛！」

激痛がかかとに走ったが、それどころじゃなかった。少年Aの金的に横蹴りを見舞った。突然、どこからか降って来た者から蹴りを入れられた少年Aは、その場にもんどりうった。聖美ちゃんは、12mの等加速度運動で落下したエネルギーに対し、路面の反発力が加わり、もともと強い聖美ちゃんのキック力が、クロスカウンターのように2倍の威力を発揮したのだから無理もない。少年Aは、

「金玉がー、金玉がー」

と泣き叫んでいる。おそらく、金玉を割ったと思われる。

怒りの聖美ちゃんは、少年Aからナイフを奪い取り、

「金玉スカッとナイフで切る！（金太、マスカット、ナイフで切る）」

と逆にチーマーをおどした。

さらに、

「この道路のしみは何？　高須さんをここで刺し殺したんだ。そして、彼の携帯の着信履歴を

見て、敦子という女とテレビ塔の下で待ち合わせることがわかったから、そこに運んで罪を他人になすりつける工作をしたのよ。そして、110番メール通報した。私はわかってるんだ。白状しろ！」

とせまった。

すべてを読まれたチーマーは、戦意そう失でのたうちまわるリーダーを見て動揺していたが、ミウにナイフを向けた。

「ナイフを捨てないとこの女を刺すぞ」

聖美ちゃんはやむを得ずナイフを捨てた。しかし、なんとか警察が到着するまで、この場をもたさないといけない。

てゆうか、ミウを助けなければ。ヨシ坊は、傷はそれほどでもないが、流れる血を見て、すでに戦う意欲を失っている。ヒロシは逃げて、どこにいるか分からない。もう己しか頼れない。相手は4人……どうやって。しかも、ミウは、はがいじめにされてナイフを突きつけられている。どうしたら。

「離しなさい」

と言っても離す訳がない。しかも、先程、着地した際に痛めたかかとに激痛が走る。あやうし、あや牛、聖美ちゃん。


その時だ！　快音とともにミウをはがいじめにしていたチーマーが突然うずくまった。

ある男が、そのチーマーに蹴りを入れたのだ。

「逃げろ」

その男は言った。ミウは明るい方向へ逃げた。はじめは、暗くてよくわからなかったが、

「健さん？」

「何でもいいから、おまえも早く逃げろ！」

「警察署にいるはずの健さんが何でここに？」

「他言無用」

聖美ちゃんは不思議だったが多勢に無勢。なんとチーマーはこの場所で遊ばせてもらえる後ろ盾である暴力団を携帯で呼んでいた。健さんを見捨てられないと思うと、その場から立ち去れないし、傷ついたヨシ坊も放っておけない。健さんは驚くほど強い。空手とかボクシングというのではなく、とほうもなくけんか慣れしている。聖美ちゃんも顔に頭突きを食らった。だがへたな奴がやる頭突きはかえって危険なのだ。中途半端に頭突きを食らった聖美ちゃんは闘

志に火がついた。健さんと聖美ちゃんは4人のチーマーを足腰とちんちんが立たなくなるまでたたきのめした。そこまではよかったが、久々に体を動かした健さんは息が上がっていた。聖美ちゃんのかかとも限界だった。

2人の体力の限界がきた頃、黒塗りの車のドアが開き、中から屈強な組員達が出てきた。聖美ちゃんは、後ろからはがいじめにされ、足を掛けられ、転んでしまった。すかさず首をしめられとり押さえられた。健さんは年のせいか、足がつった。

「いてててて……」

とうとう、健さんと聖美ちゃんは、この黒塗りの車に閉じ込められ、車は走り去った。

第九話

ところで、なぜ、拘置所にいるはずの健さんが出てくることができたのであろう。それは、昼間の話に戻る。

殺人未遂容疑で逮捕された健さんは、地検の取り調べを間近にむかえていた。愛した女、田中さんのため、敦子を救うつもりで、〝高須典雄殺人事件〟も、

「自分がやりました」

と自供する腹積りだった。

「どのみち、高須は、俺の手で殺していたんだから」

そう思うと、意外にさばさばしていた。すでに前科2犯だ。へたすると無期懲役かもしれない。

「でも、田中さんと敦子さんのためになるのだったら本望だ」

そう心に決めたのだ。

そんな時、拘置所の中の健さんに一枚のメモが届けられた。田中さんからだ。田中さんは健

さんに会いたかった。しかし、ここは面会謝絶なので、道警本部の署員にメモを渡してもらうよう頼んだ。〝あなたが殺人者じゃない事は信じています。今、聖美ちゃん達の敦子奪回作戦で有力な犯人の手がかりをつかんでいます。大通周辺が遊び場のチーマーが犯人だと思います〟

といった内容の文だ。田中さんは、

「健さんは殺人の罪までかぶってしまう」

と健さんの性格を見抜いていたのだ。惚れた男を、どうしても殺人者にしたくない。

健さんは、そのメモを読んで気が変わったのだ。不正を許せない健さんだ。

「敦子さんに罪をかぶせた野郎、許さん」

そして、それがチーマーというのがさらに許せない。

その日、ちょうど、旭川署の刑事部長である山崎義和という年配の刑事が、〝高須典雄殺人事件捜査本部〟を訪ねて来ていた。というより、健さんに面会に来ていた。この年配の刑事さんは、健さんが、昭和55年、小樽市中津の組長襲撃事件で容疑者になった時の、担当捜査官だったのだ。〝山さん〟と呼ばれ、その後、めきめきと頭角を現わし、道警本部にいた頃は、凶悪犯を次々に手がけ、〝鬼の山さん〟と、内外から恐れられた男だ。現在は、旭川署で部長

刑事となっているが、

「健さん?」

と聞いて飛んで来たのだ。

健さんは、山さんと昔話でお茶を濁した後、無理を承知で山さんに、

「私を明日、一日、いや、半日でいいから自由な身にしてください。真犯人の有力な情報をつかんでいるんです」

と言ってメモを渡した。山さんは、この非常識な訴えに、なぜか承知した。

「健の奴、何かつかんでいるな。こいつを泳がせておけば、真犯人を道警の名誉にかけて逮捕できる……」

山さんのカンは鋭い。捜査本部に行き、本部長に訴えた。

「山さん、何を非常識な事言ってるんですか。奴は殺人鬼ですよ。血の味を覚えた凶悪犯だ。放り出すと何をするかわからん。今度ばかりは、山さんの頼みでもきけません」

この本部長は警察学校の捜査講習で山さんから教育された教え子だ。

「今回の件で、健が逃亡、もしくは罪を犯したら、全責任は私がとる」

この山さんの一言に、捜査本部は揺れた。

結局、

「山さんが、そこまでおっしゃるなら」

と健さんの手錠がはずされ、今晩、一晩限りの自由の身となった。そして、大通周辺を歩き回るうち、チーマーに追われて逃げていたヒロシと出会い、現場に急行したという次第だったのだ。

健さんと聖美ちゃんを閉じ込めた暴力団の車は、現場を出ると、2~3分で停まった。そこは、すすきのの裏通りのビルの一角だ。チーマー達は、この暴力団をバックに、普段、遊んでいられるのだ。助けを求めて呼びに行ったチーマーも、そこにいた。先輩が組員なのだ。

聖美ちゃんと健さんは車から放り出された。

「すまない。俺は、迷惑ばかりかけてしまって……」

「しかたないよ」

2人が連れて行かれた先に〝伝景田組〟の看板がかかっている。

「伝景田じゃないか」

「健さん、知っているの？」

「ああ」

健さんが若い頃、広島の反山中組勢力、剛政会系伊山組から旅に出されていた伝景田組だ。昭和55年、山中組北海道侵攻作戦を阻止した抵抗勢力の一つである、札幌すすきのに根を張る暴力団だ。

事務所の中に入れられた2人を待っていたのは伝景田組の組員達だ。中で一際、目を引いたのが、奥の机に後向きにどかっとすわっている者だ。伝景田組の若衆頭だ。振り向きざま、彼は、

「とーしろうが。いきがってんじゃねーぞ」

と怒鳴った。聖美ちゃんは、今まで自分が戦ってきた不良達とは全然、格が違う、本物のやくざの迫力にびびった。

とり巻きの組員達は、

「頭、この2人どう始末しましょうか?」

と言いながら、2人に向かって、

「生きて帰れると思うなよ」

とせまってきた。

聖美ちゃんは、もう助からないかもしれないと思った瞬間、健さんが、若衆頭に向かって言った。

「吉野！　わりゃあ、えろうなったんじゃのう」

若衆頭は、見ず知らずの男から自分の名前を言われたので驚いたが、あの広島弁……まさか、札幌にいたとはと気づいた。

「兄貴！　なつかしゅうございます」

「おう、吉野、やっと気がついたんか」

聖美ちゃんは、意外な展開に、きょとんとしながら2人のやり取りを聞いていた。とり巻きの組員達も、どうしたらいいのかわからなくなっていた。

「兄貴が服役後、堅気になられたそうですね。兄貴の苦労に比べたら……なんもなんもとんでもないですよ」

聖美ちゃんも組員らも、何も言えないような見事な展開だ。

「そこまでだ、健」

部長刑事の山崎が事務所に入って来た。山さんは、健さんを泳がせた。彼の直感どおり健さんはしっかり犯人の手がかりをつかんでくれた。山さんも健さんも、お役御免だ。

「健、おまえの望みどおりになってよかったな。後の事は、所轄の警察に任せろ。この少年達は、とりあえず傷害容疑で補導する。それにしても、おまえのバカは治らんな。バカは死ななきゃ治らない。ある意味、おまえは、精神病理学で言うところの潔癖症なんだろうな。おまえのような、純粋培養されたような、潔癖症の人間は、今の世の中、生きていけないのかもしれんな。生存能力が弱すぎるよ」

そう言い残すと、山さんは部屋から出て行った。

「会いたかったです。それで、今、どこに住んでおられるんですか？」

と尋ねた。とり巻きの組員達は、2人の処分を急ぎたかったのだが、その組員らに向かって吉野は、

「おう、メモとペン持って来い」

と怒鳴ったので、言われるままにするしかなかった。吉野は健さんに現住所を尋ねた。健さんは、

「わしの住所か。複雑じゃけえよう聞いとけよ。北海道……」

「はー、北海道にいらっしゃるんですか」

「網走市、網走……」

「刑務所の町じゃないですか。それで、番地は？」

「番外地……」

そこまで健さんが言ったところで吉野は、

「えー、また服役なさるんですか？　堅気になられたんじゃあ？」

「わしが住む場所は、そこしかあるまあが」

「何を言うとられるんですか。俺にできる事がありましたら何なりと申し付けください」

「かばちゅうたれな。われは、そがあな心配せんでもえんじゃ。そがあな事より、われの顔つぶしてしもうてすまんかったのう」

「そんなことないですよ。兄貴のお役に立てたようでよかった」

山さんと入れ替わりに、所轄の警官隊が事務所に突入した。

「ぐずぐずしてないで行くぞ」

と言いながら健さんは手錠をかけられた。健さんは、山さんにも聞こえるように、

「私のわがままを聞いていただき、ありがとうございました」

と深々とおじぎをした。

そのようすを見ていた聖美ちゃんは、

「待って、おまわりさん。この人、いい人なの。話を聞いて」

聖美ちゃんの叫びもむなしく、健さんは警官隊に連行された。聖美ちゃんは後を追いかけた。パトカーに乗せられると、もう何も伝えられなくなってしまう。とにかく何かを伝えたかった。

「田中さんは、いつまでも待ってます。健さんが刑期を終えて出所した時、家のベランダに桃色のハンカチを干して待ってると言ってました」

と去って行く健さんの背中から叫んだ。

健さんは、一度振り向き、

「誰ですか？　田中さんて？　それに、あんたも知らない人だ。早く帰って、まわりの人達を安心させてあげなさい。お嬢さん」

健さんは、聖美ちゃんと田中さんを巻き込みたくなかった。

警官隊は、早く署に戻って調書など仕事をしなければならなかったのでいら立った。

「何、かっこつけてんだ、犯罪者のくせに。早く歩け！」

と健さんのけつを蹴とばしてパトカーに乗せた。

「健さーん」

聖美ちゃんは、去って行くパトカーに叫び続けた。

その後、補導された少年達は、取付管の中のナイフ等から採取された指紋によって、高須殺しの真犯人の証拠が上がり、伝景田組（の下部組織）という後ろ盾を失い、もう、自白するしかなかった。結局、全て自供し、〝高須典雄殺人事件捜査本部〟の看板もはずされ事件は解決した。

それまでの間、敦子は、不眠症におそわれながらも、

♫時計台のー、下で逢ってー。私の恋はー、はじまりましたー♪

と何度も何度も歌い、つらさをのり切ってきた。しかし、もう限界だった。密室と取調室の恐怖からのがれるため、うその自白を決意していたのだ。耳鳴り、どこからか声がする恐怖、眠れないつらさ。

「高っちゃんは殺されたんだ。私なんかより、もっとつらいんだ。私は純愛を貫こう。明日、朝一番で自白しよう。高っちゃんと同じつらさを私は刑務所で味わうんだ。一生、犯罪者のレッテルを貼られても、高っちゃんのつらさと共に生きていこう。それが純愛を貫くということなんだ」

と一人腹をくくった。

状況は一変した。敦子が自白を決意した朝、敦子の無罪が決定され、釈放された。敦子は、冤罪をかぶせた警察に対して恨みと復讐心しか持っていないが、勾留期間、心身共に疲れ切っていた。よたつきながら道警本部の玄関先まで歩いて行った。

その日、田中さん、聖美ちゃん、3CNの3人が、その道警本部玄関前に集合していた。そこに、くたくたの敦子が姿を現わした。

「おめでとー」

みんなからねぎらいと祝福の声が上がった。敦子は、いままでの苦労やつらさや疲れが一瞬にして吹きとび、ピースサインをオーバーアクションで、応えた。

その瞬間だ。どこからともなく早大バンザイ同盟が現われた。今日が、合宿最終日だそうだ。

「ばんざーい、ばんざーい、ばんざーい」

をくり返した。

さらに、どこからともなく、前に聴き覚えのある音楽を鳴らしながら

♫ヒューヒューヒューヒューヒューヒュー、オスオスオスオス、はっぱ一枚あればいい、生きているからラッキーだ♪

はっぱ隊が登場し、祝福の歌と舞を披露している。道警本部の周辺は、北海道庁、石狩支庁、北海道議会議事堂などの官庁や、HBC北海道放送、STV札幌テレビなどのマスコミ各社、さらにホテルが集中している。まわりのビジネスマン・役人・OL・観光客・報道マン・主婦達は、みんな、この葉っぱ隊の歌に合わせて踊っている。

さらに、早大バンザイ同盟から依頼を受け、急きょ来道した、早大胴上げ同好会が美人3人組のまわりを囲んだ。敦子・田中さん・聖美ちゃんが次々に胴上げされた。

テレビ局が近かった事も幸して、3CNとはっぱ隊に注目した。そして、地元の一大事とばかりに足寄在住の松島千春が駆けつけていた事も、3CNにはラッキーだった。まさに〝聖美がいればラッキーだー〟地元テレビ局と松島千春の力により、3CNとはっぱ隊のユニットが達成され、メジャーデビューする事になった。プロデューサーは松島千春である。

「君達とは、どこかで会ったような……。そういえば全日空機の中で、聖美ちゃんに突っ込まれたべや」

以前、面識があったのもラッキーだった。

「聖美ちゃん、おおきに、おかげで念願が叶うた。うれしゅうて、もう感謝の言葉も思い浮かばへんわー」

「何言ってんの。今まで手伝ってくれたお礼よ」

どこまでも、人にやさしい聖美ちゃんだ。

その後、弁償してくれると知った北海硝子の社長や、ラフティングの社長も姿を現わし、全日空のパイロットや添乗員、バスガイド、運転手、寿司屋横丁の呼び込み、大通り公園のとうきび屋、登別の熊達が次々に姿を現わし、〝敦子奪回作戦〟成功の美酒に酔った。このふるまい酒の金の出どころは、保険金を受け取る予定の京子だった。あれほど嫌っていた、きんきん声の敦子の事だが、犯人が確定したため、保険金が決定したから、お礼だ。吉野は遠くからこの状況をながめ、男泣きに泣いた。

「兄貴は、一瞬でも、このすばらしい美女3人とふれ合えて幸せだったんだ」

旭川署に帰ったはずの山さんも、遠まきにながめつぶやいた。

「警察は、情を欠いてちゃ生きていけねえんだよ」

と今の警察の実状を憂いた。

〝敦子奪回作戦〟は大成功し、札幌市民など多勢の人に支持され、

「キヨミ！　キヨミ！」

のシュプレヒコールの中、ついに、その感動のフィナーレを迎えた。

美女3人の友情、それに応えた3CNや健さん。中でも、際立ったのが聖美ちゃんの不撓不屈の心。みんな聖美ちゃんの魂の心に動かされたのだ。純愛が実らなかった敦子と田中さん。相手はどうあれ、今回のツアーで得た物は大きい。

美女3人組の友情よ、永遠なれ!

そして、北海道の憧れの観光地よ、永遠なれ!


〈おわり〉

〈著者紹介〉
高津 典昭（たかつ のりあき）
昭和32年1月7日、広島県三原市生まれ63歳。
昭和54年陸上自衛隊入隊。その後、職を転々として
現在故郷の三原に帰り産業廃棄物の分別の仕事に従事。
平成13年2級土木施工管理技士取得。
平成15年2級舗装施工管理技士取得。
執筆活動は土木作業員の頃から。
本作は伊東きよ子さんのヒット曲「花と小父さん」が
私の体験によく似ていると気づき、創作意欲が湧いて
書いたものです。

花《はな》とおじさん

2020年12月9日　第1刷発行

著　者　　高津典昭
発行人　　久保田貴幸

発行元　　株式会社 幻冬舎メディアコンサルティング
〒151-0051　東京都渋谷区千駄ヶ谷4-9-7
電話　03-5411-6440（編集）

発売元　　株式会社 幻冬舎
〒151-0051　東京都渋谷区千駄ヶ谷4-9-7
電話　03-5411-6222（営業）

印刷・製本　シナジーコミュニケーションズ株式会社
装　丁　　弓田和則

検印廃止

ISBN 978-4-344-93135-0　C0095
幻冬舎メディアコンサルティングHP
http://www.gentosha-mc.com/